Jorge Morales-Franceschi

# Jorge Morales – Franceschi

## Un Inmigrante en tu

## Corazón

Jorge Morales-Franceschi

ISBN: 978-9962-05-976-9

Copyright© 2015

Jorge Morales-Franceschi

Un Inmigrante En Tu Corazón

Primera edición

Impreso en los Estados Unidos de América.

2015

Para  mi madre, para L.S. Robles y para mi amado país
Panamá, que siempre será para los panameños.

Jorge Morales-Franceschi

Jorge Morales-Franceschi

# **Índice**

Jorge Morales-Franceschi

## Prólogo

Mucho se ha hablado sobre el tema de políticas migratorias en Panamá, incluso se ha dicho que el gobierno es demasiado flexible, y que eso ha traído como consecuencia, el aumento de extranjeros en el país. Muchos de ellos vienen en busca de un futuro mejor para sus familias, desafortunadamente otros vienen huyendo de la justicia de sus países y llegan precisamente a continuar con su vida delictiva en Panamá, incluso amparados por ciertos funcionarios del gobierno en turno.

Pienso que todos aquellos extranjeros que busquen mejores condiciones de vida y que tengan cosas positiva que aportar; son más que bienvenidos a mi hermoso y bello Panamá, siempre y cuando sepan convivir en armonía, sean humildes y sobre todo agradecidos con aquel país hermano que les abrió las puertas y los hicieron sentir como en casa. No obstante, aquellos que vengan con delirios de grandeza, a criticar, a exigir, a menospreciar y encima de todo a delinquir a Panamá, no son, ni han sido, ni serán jamás bienvenidos. A esos, sí debemos exigirles visa para ingresar.

En lo personal, quise tocar el tema desde un punto de vista más emocional, más humano, y de allí nació la idea de "un inmigrante en tu corazón": una historia que muestra más que nada como el amor puede ser, incluso más fuerte e intenso, que las fronteras trazadas por el hombre. Al final, no importa la nacionalidad que seamos, todos somos humanos.

Porque para el amor no hay nacionalidad.

*Jorge Morales-Franceschi*

## Capítulo I.

-¡Despierta Estrella!, ya se hace tarde para ir a la universidad.

- Ya voy mamá, ya no soy una niña, tengo 21 años ¿recuerdas?

- Sí, pero aún te sigues comportando como una niña chiquita, ¡¡apúrate!! - le dice su madre.

Estrella es una muchacha muy hermosa, cabello negro, ojos azules; cual cielo veraniego, y piel blanca; cual nieve en invierno. Ella se va alistando rápidamente para ir a la universidad, cursa 2do año de ingeniería en operaciones marítimas y portuarias. Le apasiona en gran manera su carrera.

- Mamá ¿ya está listo el desayuno?- pregunta Estrella

-Si hija, ¡está listo desde hace rato! , por eso fui a levantarte - le responde - son casi las 6:30 am y tienes clase a las 7:00 am -

- ¡¡Mamá deja de revisar mis cuadernos!!-

- Lo siento hija, solo me preocupo por ti y por tu bienestar-

- Lo se mamá, pero debes darme un poco de privacidad.

-Está bien, te dejaré tranquila.

-Mamá, ¿y las chispitas de chocolate en mis tostadas?

- Ya no habrá chispitas de chocolate para ti, dijiste que eras una mujer adulta, de modo que no estaré de vieja pendeja atendiéndote como si tuvieras 7 años- Le dice la señora Maite con tono bastante enérgico.

- Esta bien mami, soy una niña chiquita, ponme las chispitas de chocolate por favor. - le dice Estrella, ahora con voz dulce y los ojos casi aguados.

- Así me gusta.

Estrella Arauz vive con sola con su madre,

Maite Delgado de Arauz desde hace algunos años. Su padre las abandonó, cuando Estrella apenas tenía 9 años. El salió una tarde y más nunca regresó. Luego Maite supo que Jacobo Arauz había caído preso en España por tráfico de drogas. Aquel pobre infeliz abandonó a su familia para hacer un "trabajito". El plan era que llevara droga escondidas en unas botellas de vino de Panamá a España. A la salida del aeropuerto en Panamá no tuvo inconvenientes, el problema fue al arribar al aeropuerto de Madrid; donde fue capturado y posteriormente sentenciado a cincuenta años de Prisión.

Maite jamás le ha dicho la verdad a Estrella para no hacerla sufrir.

Luego del desayuno, estrella se apresura hacia la parada para tomar el autobús y llegar a la universidad, para su suerte, esta se encuentra ubicada a tan solo unas cuantas cuadras de su casa. Podría caminar todos los días, desafortunadamente, las sabanas se le pegan cual chicle en el cabello, de modo que debe tomar el autobús todos los días, para poder llegar justo a tiempo.

-Hola, buenos días Estrella, ¿cómo estás?

-Hola señor Octavio, muy bien gracias.

-Corre que se te hace tarde- Le dice el señor Octavio, quien tiene un puesto de legumbres cerca del edificio donde vive Estrella.

Estrella va apurando el paso, pues sabe que tiene clase con la profesora Lucia, estricta a más no poder, y nunca deja entrar a un estudiante al salón después que ella haya llegado.

La mañana, hermosa y radiante. Las calles despejadas y un extraño silencio; solo se percibe algo similar en tiempos de alguna efeméride. El cielo igualmente despejado y una suave brisa se percibe al ver las ramas de los arboles moverse.

## Capítulo II.

Al llegar a la universidad, Estrella divisa a la profesora en la entrada del pasillo conversando con otro profesor. Ella camina rápidamente hacia el salón. Ella abre la puerta de madera con un pequeño vidrio transparente casi en el centro; y se sienta en su puesto. A los pocos segundos, la profesora entra al salón de clases.

-Buenos días- dice la profesora con voz tosca y algo malhumorada al llegar.

Todos le responden en coro, cual niños de escuela primaria, a pesar que en la clase hay jóvenes recién salidos de bachiller, personas con más de un título y aquellos que en algún momento de la vida se retiraron de la carrera por otros compromisos y ahora desean volver. A fin de cuentas, nunca es demasiado tarde para aprender. La vida es un constante aprendizaje.

Más que respeto, todos los estudiantes le tienen temor a la profesora Lucia Fuentes Castañeda.

Una señora de más o menos unos 60 años, alta, siempre vestida de hilo, con bufandas de colores, un pañuelo en su cabeza y unos lentes grandes con aros chocolates. Usa siempre un prendedor de oro con forma de lirio. Fue un regalo de su madre justo antes de fallecer.

Mientras la profesora se organiza para comenzar la clase del día, Estrella y su mejor amiga Micaela intercambian algunas palabras.

- Oye, te escribí esta mañana y no me respondiste.

- Lo siento, es que tenía el celular apagado. Interfiere con mis horas de sueño.

- Amiga tú duermes más que un oso en estado de hibernación- le dice Micaela con tono burlesco - llegaste justo a tiempo, tú sabes cómo se pone la parca cuando llegan tarde.

- ¿La parca dices?

- Si mujer, esa profesora es mala.

- Oye, no hables así. Debería darte vergüenza, no vez que la pobre señora ha pasado por muchas cosas. Primero su marido falleció de un infarto y luego pierde a su hijo en un accidente automovilístico durante unos carnavales; como si fuera poco, hace unos meses le diagnostican cáncer de pulmón.

- Es cierto, pero mírala. Está prácticamente desahuciada y aun así sigue viniendo a dar clases. Anda con una especie de bufanda en la cabeza, para que no se note que se le cayó el cabello producto de las quimioterapias.

- ¿Por qué no puedes pensar que la señora ama su profesión? Sabes, algo que jamás he podido entender es por qué la gente siempre prefiere buscar defectos en lugar de virtudes.- le responde Estrella a su amiga.

Fue entonces cuando la profesora Fuentes Castañeda levanta la voz.

- ¡Arauz! ¡Restrepo! Hagan silencio, estoy

pasando la lista y solo escucho el cuchicheo de ustedes dos. Si siguen así, las cambiare de lugar.- Les dice a Estrella y a Micaela con tono enérgico y un tanto encolerizada.

- No hagan enojar a la pobre profe- Le dice Rómulo – No ven que tiene ya suficiente con su enfermedad. Sean consideradas por el amor de Dios.-

- Ay por favor, ahora todo el mundo le tiene lastima a esa vieja solo porque está enferma. Ella misma se buscó su enfermedad. – A todos les consta que ella siempre entre las clases y en el almuerzo se iba afuera a fumar.- dice Micaela.

La profesora comienza a impartir la clase del día.

## Capítulo III.

Al finalizar el periodo de clases, los muchachos tienen un receso de una hora para ir a almorzar. La cafetería de la universidad cuenta con todas las facilidades. La población estudiantil es numerosa, a pesar de ser una universidad estatal, por el prestigio que tiene, muchos se matan por entrar, pues saben que recibirán una buena educación.

Estrella se encuentra con su amiga Micaela en el parque que esta frente al campus.

- Oye. ¿Qué tienes que hacer ahora?-Pregunta Micaela.

- Estudiar, ¡tenemos parcial mañana recuerda!

- Sí, yo sé, pero mira que mañana es la fiesta de cumpleaños de Julio, no tengo ropa y tampoco he comprado su regalo, ¿Por qué no me acompañas al *mall* a comprar algo?-

- Tu siempre dejando todo para último minuto Micaela-Le dice Estrella.

- Ay sí, mira quien habla, si tu cuando no estas estudiando o en la universidad, te la pasas durmiendo.

- Está bien. Tienes una base sólida, te acompañare - Le dice Estrella con una sonrisa en su rostro.

Las clases terminan como a eso de las dos de la tarde, ambas se van rumbo al *mall* en busca de la ropa para Micaela y el regalo para el cumpleañero. Julio Arrieta es uno de los mejores amigos de Micaela y de Estrella.

El tráfico vehicular en la ciudad está bastante despejado, aun no es la hora pico. Un sol radiante hace en la ciudad.

Al llegar al *mall*, Micaela y Estrella comienzan su recorrido por todas las tiendas en busca de ropa. Hay tiendas con precios económicos así como también con precios muy elevados. La cantidad de tiendas por departamento han ido en aumento con el pasar del tiempo, esto debido al aumento de los turistas que vienen al país de comprar.

Con el aumento de personas que van de compras a las tiendas, aumenta la necesidad de personal para atender a los clientes.

- Micaela, ¿no has notado que a cada tienda a la que hemos ido, siempre hay un extranjero atendiendo?

- Sí, lo he notado, en su mayoría colombianos, se están tomando el país de a poquito- dice Micaela entre risas.

- No sé, pienso que debería darse prioridad a la mano de obra nacional, imagínate, cuando nos graduemos de la universidad y vayamos al campo laboral, puede que no haya empleo para nosotras, porque estarán ocupado por extranjeros.

-En parte es culpa también de nosotros, si no hay mano de obra calificada, resulta indispensable para la industria, el importarla.

¿Te acuerdas cuando salía con Sebastián?

- Sí, el que su papa tiene varios hoteles-

- Bueno, él siempre decía que prefería contratar extranjeros en lugar de nacionales, porque eran más responsables, más educados y con más disposición para aprender. El nacional solo trabaja la primera quincena y luego se pierde.- Le responde Micaela.

- Bueno, tiene algo de sentido eso.- Le dice Estrella.

Luego de varias horas de recorrer el *mall*, finalmente encontraron el vestido añorado para Micaela, además del regalo para Julio. Él es muy amigo de Estrella y Micaela, viene de una familia adinerada, su papa lo saco de su casa ante su negativa de querer dirigir los negocios familiares, y en su lugar prefiere ser periodista. Una carrera difícil en un país donde los medios de comunicación tienen dueño y las palabras son compradas y vendidas al mejor postor.

Al llegar a casa después de las compras con Micaela, Estrella saluda a su madre.

- ¿Cómo te fue hoy hija?

- Bastante bien mama, aunque demoramos más de lo previsto en el mall, Micaela no le gustaba casi ninguno de los vestidos que vimos.

- Me imagino, la cena está casi lista. No te demores por favor- Le dice Maite a su hija, mientras esta se encuentra en su cuarto revisando la computadora.

## Capítulo IV.

A la mañana siguiente, Estrella llega al salón de clases, esta vez un poco más temprano, pues tenía varios días llegando en la raya o incluso algunos minutos tarde. Varios de sus compañeros de clase se encuentran conversando mientras llega el profesor de métodos numéricos.

- Oye, ¿viste al muchacho nuevo que llego?- Le dice Fabiana a Estrella.

- No, ¿cuál es?

-Es el muchacho blanco que está sentado en el primer puesto de la última fila, junto a la pared. Es colombiano.

- ¿Ah sí? , no sabía. – responde Estrella.

- Estos malditos extranjeros se están tomando nuestro país, primero los trabajos y ahora también las universidades.- Interrumpe abruptamente Santiago.

- No seas tan odioso Santiago, todos tenemos derecho a estudiar, además los extranjeros pagan una cuota de extranjería aparte de la matricula regular, por lo tanto estar sentado allí le debe estar costando mucho dinero.- Le dice Fabiana.

Fabiana es una muchacha inteligente y muy amable. No es muy agraciada físicamente, pero tiene un gran corazón. Y eso al final vale más que una simple cara bonito, o un cuerpo con medidas perfectas.

- ¡Por el amor de Dios Fabiana!, por donde vayas hay extranjeros apoderándose de nuestro país, afuera la señora que vende empanadas es peruana, vas a un hotel o un restaurante y son puros colombianos lo que atienden...

- Eso me consta, casualmente estuve ayer con Estrella haciendo unas compras en el mall y, a cada tienda que íbamos, había algún colombiano atendiendo- dice Micaela, la cual entra al salón e interrumpe la conversación de los muchachos intempestivamente.

- Ahora hay mucho odio hacia los extranjeros, en su mayoría causado por la *media*, hay varios grupos anti extranjeros- dice Carlos, otro de los compañeros del grupo de Estrella.

-Todos, directa o indirectamente, somos extranjeros, recordemos que Panamá es producto del mestizaje, vinieron muchos extranjeros para la construcción del canal, la gran mayoría se quedaron, e hicieron de Panamá su hogar. Mi familia tiene raíces afroantillanas y holandesas- dice Rómulo- en tal caso los únicos que podrían sentirse ofendidos por tantos extranjeros en el país son los indígenas, ellos estaban aquí antes que todos.

-Rómulo siempre saliéndose por la tangente.- dice Santiago con cierto tono de enojo- Muchos de los extranjeros que emigran son por causa de la situación económica y social en sus países. Algunos de ellos, son agradecidos con la tierra que los ha acogido; otros simplemente viven renegando del país donde viven y se la pasan hablando de las maravillas que hay en sus países de origen.

En medio de la conversación de los muchachos, el profesor llega al salón de clases.

- Buenos días señores- dice el profesor de clases con tono bastante jovial.

Nadie le responde.

- Buenos días profesor - dice aquel muchacho sentado en el primer puesto de la fila que se encuentra junto a la pared del salón.

-Ese acento tuyo. ¿De qué parte de Colombia eres?- pregunta el profesor al muchacho.

-Soy de Cartagena señor- le responde el muchacho.

Todos en el salón se le quedan mirando al muchacho, mientras comienza el murmureo casi instantáneo.

-Viste, te dije que ese tipo traería problemas, ahora va a poner al profesor Cárdenas en nuestra contra- dice Santiago a los compañeros que están próximo a su puesto.

- Santiago, en verdad la culpa fue de nosotros, porque Cárdenas entró al salón, dijo "buenos días" y nadie le respondió, a excepción de ese muchacho- responde Pedro, otro de los compañeros de clase.

- Ya sabía yo que ese acento me era familiar, ¿Cuál es tu nombre muchacho?-pregunta el profesor.

- Mi nombre es Carlos Javier Márquez señor- responde el muchacho.

- Mi abuelo también era de Cartagena Carlos Javier, él siempre nos hablaba de cómo era la vida allá en Colombia. ¿Qué tiempo tienes acá en Panamá Carlos Javier?

- Llegue a la ciudad, hace cuatro meses señor.

- Oh que bueno. ¿Y qué te ha gustado de

30

Panamá?

- Todo señor, es un país muy bonito.

-< ¡señor! >, Deberían aprender de él, es respetuoso y cortés al expresarse - el profesor le dice al resto de la clase.

El murmuro entre los muchachos se hace más notable.

- Ya se echó al bolsillo a Cárdenas, con eso que es del mismo lugar de donde era el abuelo- Dice Santiago al resto, en voz baja para que ni el profesor ni Carlos Javier lo escuchen.

Estrella solo escucha los comentarios de sus compañeros sin articular palabra alguna.

## Capítulo V.

Pasaron los días, y nadie quería hablarle a Carlos Javier, el sentimiento de odio hacia el muchacho se hace cada vez más latente por parte de sus compañeros de clase, más aun cuando se supo el caso de un señor de nacionalidad colombiana que insultó y menospreció a la dependiente de una tienda de la ciudad y el video fue difundido a través de las redes sociales a tal punto que en pocas horas, ya se había hecho viral.

Carlos Javier sufre de la mala fama y el estereotipo que se tiene de todos los colombianos. La gente siempre suele asociar a Colombia únicamente con prostitución y narcotráfico. La verdad, Carlos Javier es un muchacho de estrato social muy humilde. Su mamá había inmigrado a Panamá hace unos años atrás en busca de una vida mejor; mientras él se quedó en casa de su abuela en Colombia.

Su madre estuvo ahorrando dinero durante todo ese tiempo para poder traerse a su hijo. Cuando él (Carlos Javier) era pequeño vivía con su mama (Camila Urdaneta) y su papa (Carlos David Márquez) en Colombia, el padre de él era asesino a sueldo (gatillero, como se les conoce popularmente) del cartel de la droga. Ellos vivían cómodamente, hasta que a su padre le fue encargado asesinar a uno de los líderes más importantes del cartel rival. Con lo que Carlos David no contaba era con el hecho que el hijo de aquel infeliz al cual él había asesinado, vendría por el a buscar venganza. Cierta tarde; mientras él, su esposa y su pequeño hijo estaban almorzando un restaurante, vinieron unos sujetos en una motocicleta y le propinaron varios impactos de bala. Carlos David falleció frente a su esposa y su hijo en el acto.

Carlos Javier era muy pequeño y no recuerda absolutamente nada de aquel horrendo crimen. Su madre tampoco había tenido el valor para decírselo. El pensaba que su padre murió en un accidente automovilístico, hasta hace poco, que por fin Camila se armó de valor y le contó toda la verdad.

Camila luchó sola con su hijo para sacarlo adelante y sobre todo, para mantenerlo alejado del mundo de la violencia y el narcotráfico. Surgió la oportunidad de venir a Panamá, y tuvo que separarse de su hijo. Al principio, tuvo que trabajar como prostituta y luego habiendo ahorrado suficiente dinero, legalizó su estado migratorio y consiguió un trabajo de doméstica. Nunca entabló relación con hombre alguno, pues en su mente y su corazón solo había cabida para un solo hombre, y ese es su hijo. Este trabajo, paralelamente con su negocio de vender *hot dogs* y arepas, le permitió ahorrar suficiente dinero para traer a su hijo y legalizar su situación migratoria (la de su hijo) mediante una ley llamada "crisol de razas".

El "crisol de razas" es un decreto dictado por el órgano ejecutivo de la nación. Tiene el objetivo de legalizar a miles de extranjeros que se encuentran en el país.

Carlos Javier estudia en las mañanas y las tardes de lunes a viernes. Los fines de semana en lugar de salir a parrandear o simplemente descansar como hacen la mayoría de los muchachos de su edad, él se va a trabajar en una lujosa del centro comercial como organizador de anaqueles. El dueño de la tienda al saber que Carlos Javier es extranjero, le paga una mísera suma de dinero, sin embargo él, con gran ímpetu, realiza todas las tareas que le son asignadas y el poco dinero que gana le sirve para sufragar sus gastos y así su mamá no se ve tan sofocada económicamente.

## Capítulo VI.

Carlos Javier viene entrando a la cafetería de la universidad, son las 7:15 am y por ende, esta se encuentra llena de estudiantes. Él forma la fila para comprar su desayuno, la cafetería de la universidad siempre se ha caracterizado por ofrecer desayunos deliciosos a muy bajos precios. Una vez con su desayuno, bandeja en mano, se dispone a conseguir puesto, más no halla ninguno. Es allí, cuando de repente, en la mesa que se encuentra justo en la esquina, él observa que Estrella está sentada allí, no recuerda muy bien su nombre; pero sabe que ella es de su clase.

Completamente deslumbrado ante la belleza de Estrella, es que ella es una muchacha muy hermosa, de cabello lacio muy largo, piel canela, unos ojos verdes que son capaces de enamorar a cualquiera, y una voz más dulce que ingenio azucarero, ella es simplemente perfecta de principio a fin.

-¿Disculpe, está ocupado este asiento?- Pregunta Carlos Javier.

-No, para nada- responde Estrella.

-¿Le importa si me siento?

-No, por mi está bien

Él se sienta a la mesa y comienza a comer mientras Estrella toma un batido de fresa y lee un libro en su Tablet. Ella es muy fanática de las historias de fantasía, romance y aventuras; a veces ocupa gran parte de su tiempo en muchas lecturas, de diversos temas, incluyendo ensayos y textos históricos.

-Yo sé que estamos en el mismo grupo, solo que no recuerdo su nombre- dice Carlos Javier después de un silencio entre ambos de varios minutos.

-Mi nombre es Estrella.

-Mi nombre es Carlos Javier.

-Sé quién eres, eres nuevo en el grupo, vienes

de Colombia.

-¿Cómo lo sabe?

-Presté atención a la conversación que tuviste con el profesor el otro día, de hecho creo que todos en el salón la escuchamos.

En ese momento ella lo mira fijamente a los ojos, el parece como si estuviera perdido en otra dimensión, es entonces cuando el mueve su cabeza y comienza a observar también fijamente a los ojos a Estrella. Pasan varios segundos y ninguno de los dos articula palabra alguna. Él se encuentra embelesado por su belleza y ella simplemente cautivada ante él.

-Estrella ya va a comenzar la clase-le dice uno de los compañeros de grupo que justamente va pasando cerca de la mesa donde se encuentran Estrella y Carlos Javier.

-Es mejor que ya nos vayamos- Dice Carlos Javier.

-Tienes razón, vamos.

Carlos Javier y Estrella se levantan de la mesa y se van caminando juntos hacia el salón. En el trayecto de la cafetería al salón van conversando y riendo amenamente.

Santiago se encuentra conversando con Ernesto, un amigo suyo, a un costado de la entrada del salón.

-Oye, ¿ese no es el colombiano nuevo que acaba de llegar?—Le dice Ernesto a Santiago.

-Sí, ese mismo es, son una plaga esos colombianos, encima de quitar el empleo a los panameños, también nos desplazan en las universidades-

-Y por lo que veo, también se llevan a nuestras mujeres, mira como está conversando y riendo amenamente con Estrella. Tú que siempre has estado detrás de ella y nunca de hace caso-

Santiago se queda observando fijamente a Estrella y Carlos David mientras van entrando al salón, ella luce radiante y muy contenta por la compañía de Carlos Javier.

Jamás Estrella ha lucido así estando en la compañía de Santiago. Este comienza a ponerse iracundo.

-¡Cállate!, Estrella nunca se fijaría en un tipo como ese.

-¿Por qué lo dices?

-Porque es un imbécil, muerto de hambre.

-Si no quieres perder a Estrella, lo que debes hacer es comenzar a moverte rápido amigo mío. Por lo que veo el colombianito ya lleva mucho terreno ganado.

Pasaron los días; Estrella y Carlos Javier se hicieron muy buenos amigos, iban a almorzar juntos, después de clases se reunían para hacer los deberes juntos, él la acompañaba hasta su casa. Pasaban horas y horas conversando de diversos temas, podía ser desde lo más complejo hasta incluso las cosas más simples a su alrededor. Estrella se sentía muy cómoda

40

conversando con Carlos Javier, del mismo modo que él se sentía muy a gusto con ella.

Carlos Javier no tenía muchos amigos, solo algunos conocidos, con los cuales tampoco se sentía muy cómodo, de modo que el conocer a Estrella lo hacía sentirme mucho mejor.

## Capítulo VII.

-Buenos días señores- dice la profesora de Ecología General al llegar a clase.

-Formen grupos de tres personas que voy a asignarles una investigación.

Todos forman grupos rápidamente. Carlos Javier por ser nuevo en el salón no conoce a nadie y tampoco se atreve a acercarse a alguien.

Estrella y Micaela son el único grupo al que le falta un integrante, el resto de los grupos ya están completos, es entonces cuando la profesora le indica a Carlos Javier que forme grupo con ellas para empezar a repartir las directrices a seguir para la elaboración de la investigación.

-Hola-. Dice Carlos Javier con cierta pena en su voz.

-Que tal, ¿conoces a Micaela?

-No-.

-Micaela te presento a Carlos Javier-.

-Mucho gusto-. Dice Micaela con una sonrisa.

-El gusto es mío.- responde Carlos Javier.

La profesora le entrega una hoja a cada grupo con los pasos a seguir para la entrega de la investigación, en la esquina contigua al salón, Santiago no le quita la mirada de encima a Estrella, siente rabia de ver a su eterno amor platónico junto a Carlos Javier.

Santiago viene de una familia acomodada económicamente, su papa es asesor político y su mamá trabaja en el departamento de migración. Un tanto arrogante y generalmente suele decir algún comentario sarcástico u ofensivo, más esto lo usa como mecanismo de defensa para demostrar superioridad. Su mayor debilidad, es precisamente el amor que siente por Estrella, desde que estaban en bachillerato, él ha tratado de manera infructuosa en que ella acepte ser su novia.

A pesar de ser un muchacho de porte atlético y bien parecido, pudiendo tener a la muchacha que a él le plazca, su corazón ya había escogido a Estrella; su mejor amigo le dice que deje esa obsesión y que se acerque más a Karina, una muchacha con la que algunas veces sale, pues no es sano estar detrás de una mujer que no le corresponde, sin embargo, el prefiere ser perseverante pues cree en  lo más profundo de su corazón que algún día, Estrella lo llegara a amar.

## Capítulo VIII.

Llegado el fin de semana, Estrella sale de compras al centro comercial con el objetivo de hacer algunos mandados que su madre le ha encomendado.

Estrella le llama poderosamente la atención unos zapatos de tacón alto que mira en la vitrina de una tienda de calzados. Ella se queda observando fijamente esos zapatos y en su mente hace ilusión al vestido perfecto y la cartera que harían un juego perfecto con ellos.

Esa esa es la misma tienda de calzados donde trabaja Carlos Javier. Él al divisarla desde el interior de la tienda, se aproxima a la entrada para saludarla.

-Quiubo Estrella, ¿Y usted que haces por acá?-

-Hago unos mandados de mi mamá, pero me distraje viendo esos zapatos que tienen allí en la vitrina.

-Son muy bonitos, es una colección recién

45

llegada.

-¿Y cuánto cuestan?

-Cuestan $149.99 + impuestos.

-¡Oh! Es tan súper carísimos.

-Si, a pesar de ser muy bonitos no se han vendido mucho.

-Soñar no cuesta nada, sabes que en mi mente me hacia la ilusión del vestido y la cartera perfecta para esos zapatos.- responde Estrella con cierto tono de desilusión en su dulce voz.

-Lamento haber roto sus ilusiones amiga. Oiga, ya casi es mi hora de almuerzo, ¿qué le parece si vamos a comer algo para enmendar el haber roto sus ilusiones? ¿Le parece?

-¡Es lo mínimo que puedes hacer!

Estrella espera unos cuantos minutos hasta la hora de almuerzo de Carlos Javier. Lugo ellos se van juntos a un restaurante recién inaugurado; dentro de centro comercial.

-¿Habías venido a este lugar antes?- pregunta Estrella a Carlos Javier.

-No, es un lugar nuevo. Solo tiene escasas dos semanas de haber abierto, pero me han dado muy buenas referencias de este lugar.

-Sabes que yo pensaba que trabajabas en las madrugadas, no esperaba encontrarte aquí.

-Trabajo en el turno de la madrugada de lunes a viernes para poder ir a la universidad en el día, los fines de semana si trabajo en el día.

En ese momento llega el mesero del restaurante con el menú. Ambos le echan una ojeada y deciden pedir lo mismo. El mesero se retira con el menú y las órdenes de ambos anotadas.

Carlos Javier luce un tanto nervioso, es incapaz de mirar a los ojos a Estrella; ella por su parte, luce algo nerviosa. El ambiente y la decoración del restaurante lucen imponentes, las paredes están pintadas de un color marfil claro, las cortinas son de color ladrillo y tiene luces con lámparas de cristales muy finos.

Luego de breves minutos de silencio, Estrella decide romper el hielo.

-¿Y te alcanza el tiempo generalmente para hacer las tareas y luego ir al trabajo?- Pregunta Estrella.

-¡Uy! Es difícil, para las tareas me organizo bastante bien, pero cuando toca parciales eso si es súper difícil vea.

Estrella solo sonríe.

-¿Qué le parece tan gracioso?- Pregunta Carlos Javier.

-Pues tu acento.

Carlos Javier sonríe y baja la mirada, luego vuelve a subirla y le dice a Estrella: "usted es terrible".

Pasados algunos minutos, el mesero llega con la comida de ambos. En la mesa contigua a la de Estrella y Carlos Javier hay un señor, de tal vez unos sesenta o setenta años, de aspecto anglosajón y rostro afeitado; sentado junto a una mujer muy joven y hermosa, de estatura media, piel canela y ojos violetas como los de Elizabeth Taylor. Con una voz muy ronca se dirige a Estrella y a Carlos Javier.

-Disculpe que los interrumpa, es que no pude evitar el observarlos y déjenme decirles que hacen una muy bonita pareja- luego dirige su mirada hacia su bella acompañante y le pregunta- ¿verdad que hacen una bonita pareja Dayana?

Ella solo sonríe, y asienta la cabeza con cierta mirada picara hacia ambos.

-El amor es tan hermoso cuando se es joven, no hay nada como aquella ilusión del primer amor, más aun cuando es correspondido- Agrega el hombre.

Estrella se sonroja rápidamente.

-Pues, gracias señor por el cumplido, pero solo

somos amigos- le dice Carlos Javier.

-¡Ese acento!, mira Dayana, un paisano tuyo-. Le dice el hombre a su acompañante.

Luego, aquel señor se levanta de la mesa junto con la muchacha, no sin antes decir a Estrella al oído "un inmigrante en tu corazón".

El hombre sonríe y se va tomado de la mano junto a la hermosa mujer.

Estrella se queda pensativa ante aquellas palabras pronunciadas por el hombre.

-¿Qué te dijo?- pregunta Carlos Javier.

-No dijo nada, apenas si pude entender un murmuro- responde Estrella.

-Bueno, ya se acaba mi hora de almuerzo, voy a pedir la cuenta.

-Está bien.

-¿Le pasa algo Estrella?

-No me pasa nada.

-¿Esta segura?

-¡Que no me pasa nada oye!

Los presentes en el restaurante se quedan observando curiosamente, al percibir que Estrella ha levantado la voz.

-No era necesario alzar la voz.

-Te había dicho que no me pasaba nada.

-Disculpen, ¿Se encuentra todo en orden?- pregunta el mesero.

-Sí, esta todo en orden- responde Estrella.

El mesero se retira dejando la factura y el cambio.

-Discúlpame, no sé qué me pasó- Le dice Estrella a Carlos Javier.

-Está bien, vamos te acompañare hasta la parada de autobús.

-Gracias, eres muy amable.

Carlos Javier la acompaña hasta la parada de autobús, ella le da un beso en la mejilla y se despide. Él va a paso lento, pero firme de regreso a su trabajo. Mientras tanto, Estrella va pensativa en las palabras de aquel hombre en el restaurante. Aunque sus palabras fueron bastante insignificantes, simplemente no logra entender como calaron tanto en su ser.

## Capítulo IX.

Al llegar a casa, Estrella se cambia de ropa, prende su computadora e inicia una sesión de video llamada con su mejor amiga Micaela.

-Oye amiga, no vas a creer lo que me pasó.

-Bueno, si no me cuentas, no voy a saber, y si no se por ende no podré creer- responde Micaela en son sarcástico.

-Muy graciosa Mica, sabrás que fue al centro comercial hoy a hacer unos mandados de mi mama y a que no adivinas a quien me encontré.

-¿A quién te encontraste?

-A Carlos Javier - Yo pasaba por la tienda donde él trabaja, cuando me quede mirando a la vitrina, unos zapatos hermosos, entonces fue cuando él se apareció.

Estrella continua contándole en detalle todo lo ocurrido en el encuentro con Carlos Javier, incluyendo lo que le dijo aquel extraño hombre

53

en el restaurante.

-¿Sabes lo que pienso Estrella?, que deberías olvidar las palabras sin sentido de aquel viejo loco. ¡Ah! y que a ti te gusta Carlos Javier.- dice Micaela.

Estrella se queda en silencio por un momento.

-Dicen que la amistad es el primer paso hacia el amor, ¿o es que Carlos Javier ya te puso en la *friendzone*?

-No me gusta, ¿y que rayos es eso de *friendzone?*

-Es la zona de amigos pues.

-Ja ja ja, muy graciosa Micaela del Carmen, sé inglés perfectamente bien.

-Oiga vea pues si usted pregunto y yo le respondí. ¡Qué tal!

-¿Por qué imitas ese acento colombiano?

-No sé, suena bonito.

-No lo hagas, suena a burla.

-Ay pues, ahora eres más colombiana que el ron antioqueño y la bandeja paisa, admite que te gusta Carlos Javier y que quisiera que él estuviese a tu lado apapachándote y llenándote de besos.

-¡Ten algo de pudor por el amor de Dios Micaela!

En medio de la conversación, la madre de Estrella toca la puerta para preguntarle a su hija como le fue con los mandados. Estrella no abre la puerta y le dice que todo está en orden, que se va a recostar un rato. La madre de Estrella se va. Estrella se despide de Micaela y apaga la computadora.

Ella se aproxima a la ventana de su habitación para abrir las cortinas y así poder divisar mejor el cielo. Estrella cuando esta pensativa solo hay tres cosas que la relajan; caminar, leer un bueno libro o mirar hacia el firmamento. En su mente recuerda cuando era pequeña y su padre la cargaba y le decía que siempre que tuviera alguna duda, mirara al cielo y escuchara su corazón, pues allí encontraría siempre las respuestas que necesitaba. El poco tiempo que tuvo a su padre, le bastó para que este pudiera darle algunas lecciones de vida, las cuales quedarían en la memoria de aquella pequeña e inocente niña; hoy día convertida en toda una mujer. Maite lo sabe y es por eso que le ha ocultado a Estrella todo este tiempo, la verdad acerca de su padre, simplemente le rompería el corazón a Estrella, el saber que su padre es un criminal internacional, lo más probable es que se llene de ira y rencor hacia su padre, pero más hacia su madre por haberle ocultado esa funesta verdad por tantos años.

## Capítulo X.

Son casi las dos de la mañana y Carlos Javier se encontraba trabajando en la bodega de la tienda, había mucho trabajo pues acababa de llegar mercancía nueva; unos doscientos bultos con zapatos, allí se encontraba también el señor Cárdenas, un hombre de estatura baja, aspecto indígena y de unos 50 años de edad.

-Paisa, tenemos que guardar todos  esos zapatos que acaban de llegar, mira que mañana es quincena y se espera que venga bastante gente a comprar- dice Cárdenas.

-¿Mañana?, querrá usted decir dentro de un rato.

-Eso mismo, tú sabes que cuando uno lleva muchos años en este turno, ya uno se confunde, tu como eres nuevo en esto estas fresquito, deja que llegues a mi edad pa´ que veas lo que es bueno.

-¿Cuánto tiempo lleva trabajando en la bodega

por la madrugada señor Cárdenas?

-Llevo 30 años haciendo esto.

-¿Y se siente feliz con su trabajo?

-Al pasar de los años, uno se acostumbra.

Cárdenas toma un respiro y continua hablando.

-Mira, solo llegué hasta 10 grado en la escuela, pues tenía que trabajar porque preñé antes de tiempo, es por eso que siempre trato de decirle a los jóvenes que estudien y aprovechen el tiempo, porque las oportunidades llegan y si no se aprovechan, se van. El tiempo que se va no vuelve chicho, aprovecha ahora que estas joven y termina la universidad, esta no es vida para ti, mira que tu mamá hizo muchos sacrificios para poder traerte de Colombia para que tuvieras una mejor vida, sé agradecido. No tuve más opción que esta vida. Amo a mis hijos y a mis nietos entrañablemente, pero si tuviera la oportunidad de regresar el tiempo, creo que hubiese terminado la escuela y graduado de la universidad; para poder darle a mi familia una vida mucho mejor.

Carlos Javier se queda completamente estupefacto ante las palabras de Cárdenas, pues tiene fama de ser un viejo gruñón y amargado que jamás entabla conversación con nadie; de hecho, esta era la primera vez en casi cuatro meses que le había escuchado decir más de cuatro palabras juntas.

-Pero aun no es tarde, usted puede terminar la escuela e ir a la universidad, nunca se es demasiado viejo para estudiar.

-Lo mismo me dice mi nieta, tal vez debería hacerlo, ¿tú crees que aún no es demasiado tarde para mí?

-Para nada, vea que en mi grupo en la universidad hay un señor como de 60 años que está estudiando y trabaja también. Estudiar y trabajar no es tarea fácil, pero todo depende del empeño que uno le ponga y verá la recompensa al final del camino, al menos eso siempre nos dice nuestro profesor de economía.

Cárdenas y Carlos Javier continua trabajando, en la bodega de la tienda hace un frio, cual inverno ruso, un pequeño radio y una cafetera hacen de su labor, un poco más placentera.

Carlos Javier se encuentra cargando uno de los bultos hacia la sección de sandalias de la bodega, y justo a medio camino, deja caer el bulto y todas las sandalias quedan regadas en el suelo.

-¿Qué te paso Chicho?, andas como distraído- dice Cárdenas.

-Lo siento, si es verdad ando un poco distraído.

-Desde hace días te noto así, déjame adivinar, es el amor verdad.- dice Cárdenas mientras va guardando unos calzados de caballero hechos de cuero en su respectivo anaquel.

-Uh, si es cierto. Es algo del corazón señor Cárdenas.

-Cuenta a ver qué pasa.

-Hay una muchacha en la universidad, ella ha sido muy buena y dulce conmigo desde que llegué, es mi amiga pero creo que me gusta como algo más que una amiga.

-¿Y ya se lo dijiste?

-Temo que ella no sienta lo mismo y la amistad se arruine para siempre, ella es una excelente persona y no quisiera perderla.

-¿Y crees poder vivir con la duda de saber si estas o no enamorado de tu amiga?

-No lo sé, todo es tan confuso.

-Si todo es tan confuso es porque estás enamorado de esa muchacha y ni tú mismo te has dado cuenta, incluso tienes hasta esa cara.

-¿Cuál cara?

-Pues de idiota enamorado, es más mírate al espejo y veras que tienes ese tonto brillo en los ojos que solo pasa cuando se está enamorado.

61

-No creo que sea eso, pienso que usted está exagerando.

-Piensa lo que quieras, yo te digo lo que veo y lo que el resto de los que trabajamos aquí vemos, de un tiempo para acá andas con esa cara de bobo y ese brillo en los ojos.

-¿Usted cree que daba decirle lo que siento, o mejor dicho, lo que creo que siento?

-Primero debes aclarar tus ideas, y una vez que estés cien por ciento seguro de lo que sientes, habla con ella y díselo. Es mejor andar siempre derecho con la verdad.

-Pero ella tiene varios pretendientes, uno incluso está en nuestro grupo, no creo que en caso remoto ella me escogiera a mí, que no tengo nada que ofrecerle, y que además soy extranjero.

-Eso no lo sabrás si no hablas con ella.

-Puede que tenga razón, aclararé mis pensamientos y luego hablare con ella.

Continúan trabajando con gran ímpetu entre el café, la música del viejo radio con bocina chillona y comentarios profundos acerca de la vida.

A la llegada del alba, Carlos Javier y el viejo señor Cárdenas bajan de la bodega; a marcar la salida después de una jornada ardua de labores.

## Capítulo XI.

Algunas semanas después, Maite se encuentra en su casa sacudiendo el polvo de la mesa de centro que tiene en la sala, afuera un sol radiante; a pesar de estar en plena estación lluviosa. Suavemente las hojas de los arboles caen hacia el suelo. Estrella está en la universidad terminando un proyecto que le fue asignado.

Suena el teléfono y Maite como siempre revisa el identificador de llamadas, con el fin de saber quién es. Al ver que dice "numero privado", decide contestar.

-¡Alo buenas!- dice Maite.

-Hola Maite, ¿cómo estás?- se escucha la voz en el teléfono.

-Bien, disculpe, ¿con quién hablo?

-¿No reconoces mi voz?

-No.

-Soy yo Maite, Jacobo ¿cómo esta nuestra hija?

-¿Cómo tienes el descaro y el cinismo de llamar después de tanto tiempo?

-Estoy por salir de la cárcel y dicen que me van a deportar a mi país.

-Pensé que te habían condenado a cincuenta años de prisión.

-Sí, así fue, pero me he portado bien de modo que me dejaran salir.

-Que bien por ti- Responde Maite con voz fría y cierto sarcasmo.

-No seas así conmigo por favor, tú sabes que lo que hice fue por ti y por nuestra hija.

-Nadie te mando a delinquir y a dejar nuestra reputación por el suelo Jacobo, ¡por el amor de Dios! tu caso salió en las noticias, todos nuestros amigos se enteraron que te capturaron en el aeropuerto.

-¿Estrella lo sabe?

-No, no he tenido el valor de decírselo, preferí que conservara solo los buenos, aunque pocos, los momentos que pasó con su padre antes que se fuera.

-Gracias, Maite, espero que en algún momento de la vida puedas perdonarme por todo el daño que le hice a nuestra familia.

Se escucha la puerta abrir, se trata de Estrella que acaba de regresar de la universidad.

-Hola mamá, ¿con quién hablas por teléfono?, ¿un nuevo novio tal vez?- pregunta Estrella mientras deja su mochila sobre el suelo y va a lavarse las manos.

-No es nadie, ¿tienes hambre? ya la comida esta lista- responde Maite con cierto nerviosismo.

-¿Es ella verdad, es la voz de mi hija?- dice Jacobo en el teléfono.

-Hablamos después, estoy algo ocupada.

Maite cierra el teléfono intempestivamente.

-Que tal hija, ¿Cómo te fue en la universidad?-
pregunta Maite.

-Bueno mamá, bastante bien, aunque al
principio tuvimos algo de problemas, al final
pudimos avanzar el proyecto. Ahora solo queda
estudiar para la sustentación oral.

-¡Qué bueno hija!, estoy segura que todo saldrá
bien.

-¿Te ocurre algo mamá?, luces algo nerviosa.

-No me pasa nada.

-¿Estas segura?

-Si.

-Luces algo tensa, ¿tiene algo que ver con la
llamada telefónica de hace un momento?

-No hija mía, no te preocupes. No le hagas caso
a las tonteras de tu madre.

Estrella se queda en silencio por un momento,
en su mente sabe que su madre la engaña, mas

no es capaz de decir palabra alguna. Rápidamente se dirige hacia su recamara y cierra la puerta; levanta el teléfono que se encuentra en su escritorio, junto a la computadora y comienza a revisar las llamadas recibidas recientemente. Ella nota la llamada recibida de un "número privado". -¿Quién habrá sido esa persona que llamó desde un número privado?- se pregunta Estrella en su mente, y ¿Por qué su madre se habrá puesto tan nerviosa al cuestionarle sobre esa llamada?

Estrella se recuesta en un sillón que tiene adentro de su cuarto y comienza a repasar las diapositivas para la sustentación oral de su proyecto. Decide no darle más vueltas en su mente al asunto de su madre, pues debe prepararse muy bien.

La sustentación oral equivale al cuarenta por ciento de la nota final.

## Capítulo XII.

Carlos Javier al salir de la universidad, llega al trabajo, es una noche lluviosa; el reloj marca las ocho y cuarenta y cinco. Carlos Javier es recibido con una funesta noticia.

-Carlos Javier, hay algo que debes saber- le dice el encargado de la tienda.

-¿Qué ha pasado?-

-Se trata del señor Cárdenas-

-¿Qué le ha ocurrido?-

-Falleció esta mañana-.

Carlos Javier luce en estado de *shock* ante la noticia que le están dando.

-Pero el lucia bastante sano, ¿Cómo paso esto?- pregunta Carlos Javier algo sorprendido.

-Su hijo dice que fue un ataque cardiaco. Parece que se acostó a dormir y nunca más se levantó-

Carlos Javier se quedó en silencio por unos

minutos, en su mente recuerda aquella conversación en la bodega que había tenido con Cárdenas hace poco, aquellas palabras sabias que compartió con él, nunca se imaginó que serían precisamente las últimas palabras que escucharía por parte de Cárdenas.

Sube a la bodega rápidamente para iniciar su jornada de trabajo con mucho ímpetu, no obstante, es incapaz de sacar de su mente, las últimas palabras que intercambió con Cárdenas.

Cárdenas era el empleado más antiguo de la toda la cadena de tiendas, su perdida representa un gran dolor incluso para el dueño; pues cuando Cárdenas comenzó, solo había una pequeña tienda en la avenida central y hoy día tienen más de veinte tiendas en todo el país.

-Pobre señor Cárdenas, ¡que descanse en paz!- dice Carlos Javier en voz alta.

Transcurridas algunas horas, Carlos Javier aún

se siente abatido por la noticia del fallecimiento del señor Cárdenas. Toma el teléfono y llama a Estrella. Es casi medianoche. Sorpresivamente, Estrella contesta el teléfono.

-Hola, no pensé que contestarías- dice Carlos Javier.

-Hola, estaba leyendo un libro cuando vi en el identificador de llamadas que eras tú. Pensé que si llamabas a esta hora es porque había pasado algo y por eso contesté.

-¿No contestas generalmente a estas horas?

-La verdad no, pero como te dije, al ver que eras tú, pensé que algo malo había pasado.

-La verdad si pasó algo terrible, un señor que trabajaba conmigo lo encontraron muerto. No era tan mayor y se veía bastante saludable.

-¡Cuánto lo siento!-

-Sí, lo que más me impacta es que generalmente no hablaba mucho, era un tipo de carácter fuerte, pero de buen corazón. La última vez que trabajamos juntos, habíamos tenido una larga conversación bastante profunda sobre diversos temas; ocasionalmente trabajaba conmigo en la bodega durante la madrugada. Nunca articulaba más de tres o cuatro palabras, y precisamente poco tiempo antes de morir, tuvimos esa conversación.

-¿Qué fue lo que te dijo?- pregunta Estrella intrigada.

Carlos Javier se mantiene en silencio por unos cuantos segundos, indeciso sobre si decirle o no, lo que él cree sentir por ella.

-Hablamos de la vida, de las personas, de relaciones, entre otras cosas.

-¡Oh!, bueno, a lo mejor él sabía que no le quedaba mucho tiempo y quiso compartir algo de su sabiduría contigo.

-Tal vez, eso no lo sé.

-¿Y te dejan hacer llamadas desde el trabajo?

-Estoy en mi receso, igual no hay nadie acá arriba en la bodega. Abajo solo está el guardia de seguridad que cuida la entrada. El gerente encargado de la tienda en este turno es bastante flexible.

-¿Y cómo verifican que el trabajo se hizo?

-Simple, la bodega debe amanecer arreglada, además hay cámaras de vigilancia que monitorean todo lo que hacemos. Es bastante aburrido, me gustan más los fines de semana que puedo venir a trabajar de día y puedo bajar a la sala de ventas, compartir con la gente...

-La verdad que sí, el turno de la madrugada suena bastante aburrido en comparación al día que nos encontramos.

-Sí, ese día la pase muy bien contigo.

-Yo también la pasé muy bien.

En ese momento, Carlos Javier se detiene a pensar que quizás esta sea su oportunidad para invitar a Estrella a salir. Estrella por su parte,

73

había tocado el tema de aquella vez que se encontraron en el centro comercial, precisamente esperando que Carlos Javier la invitara a salir.

-¿Te gustaría ir al cine conmigo alguna vez?- pregunta Carlos Javier.

-Claro, sería estupendo. Me gusta el cine- responde Estrella.

-¿Qué tal este sábado después que salgo del trabajo?

-Me parece bien.

-Entonces es una cita.

-Así es, supongo que sí.

-Bueno, ya se acabó mi receso, debo regresar a trabajar. Hablamos después.

-Hasta pronto, cuídate.

-Hasta luego.

Por alguna extraña razón, Carlos Javier se

siente mucho mejor después de la conversación con Estrella. Le resulta prácticamente imposible disimular su emoción por la cita que tendrá con ella.

Por su parte, Estrella en su casa también se encuentra fascinada con la idea de ir al cine con Carlos Javier. Emocionada, va hasta la recamara de su mamá y la despierta para contarle la noticia.

-Es de madrugada hija, después en la mañana no te quieres levantar. ¡Anda a dormir!-le dice su madre.

-No puedo, siento una especie de emoción mezclada con ansiedad.

-Pues tomate una agua con azúcar y anda a dormir, ¡es muy tarde ya!-

Estrella le hace caso a su madre y se toma el agua con azúcar y se recuesta en su cama. En toda la noche, no para de pensar en la conversación que tuvo con Carlos Javier y en cómo será esa tan esperada cita con él.

## Capítulo XIII.

Algún tiempo después, en su casa, Estrella se encuentra sentada en la sala de su casa viendo televisión. En la cocina, su madre termina de preparar la cena. Estrella se había ofrecido a ayudar a su madre con la comida (como todos los días), mas esta le dice que no se preocupe, que ella puede ocuparse de la cena sola. La verdad es que Maite sabe que su hija no tiene grandes dotes para la cocina.

Afuera, un torrencial aguacero, en las noticias muestran como algunos árboles han caído sobre los autos producto de los fuertes vientos.

En ese momento, se oye unos golpes en la puerta. Maite le pide a su hija que por favor abra la puerta, pero que antes verifique por el ojo mágico de quien se trata. Si bien es cierto, el vecindario es un lugar tranquilo; es mejor siempre ser prevenidos. Estrella se levanta del sillón y se dirige hacia la puerta, trata de ver a través del ojo mágico para ver quien toca a la puerta, no obstante, todo se ve oscuro. Ella pregunta: "¿Quién es?", pero nadie responde, en su lugar, esta persona sigue tocando la puerta insistentemente. Estrella vuelve a preguntar: "¿Quién es?". Nadie responde y sigue tocando insistentemente.

-¿Que pasa Estrella? ¿Quién es? ¿Por qué no has abierto la puerta hija?- Pregunta Maite.

-No se mama, trato de ver por el ojo mágico pero se ve todo oscuro- Responde Estrella.

En ese momento, Estrella decide abrir la puerta. En la entrada, un hombre de estatura media, tez blanca, cabello canoso, rostro afeitado; vestido con un traje color marrón, emparado, naturalmente por la fuerte lluvia.

-Hola Estrella, estas mucho más alta de cómo te recordaba- dice aquel hombre.

Maite al escuchar la voz del sujeto se acerca rápidamente hacia la entrada. Estrella está completamente sin palabras al ver a este hombre en la entrada.

-¿Qué haces aquí?- Pregunta Maite.

-El otro día me cerraste el teléfono sin explicación alguna. Pensé en llamarte de nuevo, sin embargo, me pareció que sería mejor que fuera una sorpresa-dice a Jacobo. Mientras este se quita el abrigo mojado que tiene, Estrella se sienta en uno de los sillones de la sala.

-Ya íbamos a cenar. Puedes acompañarnos si quieres- Dice Maite.

-No es necesario, no tengo hambre. Coman ustedes tranquilas.- responde el hombre.

La mesa está preparada y todos se sientan para la cena.

-Se perfectamente bien quien eres. ¿Dónde estuviste durante todo este tiempo papá?- pregunta Estrella.

-Es una larga historia hija.

-Soy toda oídos.

Jacobo voltea su mirada hacia Maite.

-¿Aún no le has contado nada a la niña Maite?

-Jacobo, "la niña" como tú le dices; tiene veintiún años y no, no le he contado absolutamente nada como te dije por teléfono. Simplemente me pareció que tú debías contarle.

-¿Por teléfono?, ¿acaso ustedes hablaban en secreto?- pregunta Estrella.

-Déjame contarte todo lo que paso Estrella-dice Jacobo.

-Está bien- dice Estrella mientras apaga su celular y mira fijamente hacia los ojos de Jacobo.

-No éramos pobres, pero tampoco estábamos en medio de la opulencia. Surgió la oportunidad con un contacto que tenía para llevar una mercancía a España. No era la primera vez que lo hacía, así que acepte el negocio. Mi contacto a su vez, tenía un contacto en el aeropuerto, de modo que salir del país con la mercancía en cuestión fue sencillo. Durante el vuelo estuve algo nervioso, fue como una extraña especie de mal presentimiento, como si algo malo fuese a pasar. Al llegar al aeropuerto en Madrid, logré pasar el primer revisado sin problemas. Cuando revisan la maleta que llevaba, notan algo extraño en las dos botellas de vino tinto que llevaba, cuando las revisan, es que descubren la heroína que llevaba dentro. Me arrestaron en el acto y me llevaron a la cárcel. Me condenaron a cincuenta años de prisión por tráfico de drogas. Pero me rebajaron la condena a doce por una apelación y por buena conducta. Durante ese tiempo créeme que no hice otra cosa más que pensar en ti y en tu madre, en lo mucho que las amaba y en cuanto las extrañaba...

-¿Por qué nunca llamaste? ¿Por qué nunca escribiste una carta?- cuestiona Estrella.

-No tuve el valor para hacerlo- responde Jacobo.

-Solo tuvo el valor de decirle a un amigo que me contara la verdad de lo que había pasado. Yo estuve preocupada por muchas semanas tratando de averiguar su paradero y nadie me decía nada- interrumpe Maite.

-Cuando casi se acercaba la fecha de mi liberación, llame a tu madre. Justo en el momento que iba a decírselo, me cerró intempestivamente el teléfono, de modo que no pude decirle que vendría. Esa es la única conversación que hemos tenido en todo este tiempo hija.

-Se trata de aquella vez que regresé de la universidad y hablabas por teléfono, te pregunte de quien se trataba y me dijiste que no era nadie. ¿Cierto mamá?- le pregunta Estrella a su madre.

-Es correcto hija. Pensé en decírtelo en ese momento, pero no sabía cómo tomarías esa noticia; así que preferí callar- dice Maite.

-¿Crees que podrás perdonarme hija?, podemos recuperar el tiempo perdido. Del mismo modo debo compensarte por todo el dinero que nunca te di para tus gastos. Yo sé que Maite tuvo que sacarte adelante sola- dice Jacobo.

-El tiempo que se va no vuelve- le responde Estrella.

-Ni ella ni yo necesitamos tu dinero mal habido- también responde Maite.

Jacobo luce apesadumbrado y Maite solo piensa en lo debe estar sintiendo su hija en ese momento.

-Yo no tengo nada que perdonarte papá, si cometiste un error ante la sociedad y ya pagaste tu culpa; pues está bien, lo que si te pido es que ahora no vengas a querer pensar que es posible recuperar todos estos años que no estuviste, cuando mi madre y yo te necesitamos, eso no lo puedes compensar ni con todo el dinero del mundo.

-Ojala pudiera retroceder el tiempo y evitar tantos errores que cometí.

-Pero no puedes, acéptalo.-

Luego de eso, Estrella se va hacia su cuarto y cierra la puerta. Maite y Jacobo se quedan solos en la sala.

-Dale un poco de tiempo para asimilar la noticia, tienes que entender que la tomaste por sorpresa-le dice Maite a Jacobo.

-Si yo sé, ¿y tú crees que podrás perdonarme? Te amo como aquella primera vez que te vi, no sé hacer otra cosa más que pensar en ti. Yo nunca quise separarme de mi familia, tomé el camino fácil para poder darles a ti y a Estrella una mejor vida. Pero me equivoque. Lo siento tanto Maite.

Maite se queda en silencio por algunos segundos, más un brillo en sus ojos al mirar a Jacobo lo dice todo.

-Yo también te amo igualito al primer día, pero pasó tanto tiempo, tantas heridas que quizás aún no han sanado.

-¿Estas con alguien más?

-No, no tengo a nadie.

-¿Crees que podríamos intentarlo?

-No lo sé Jacobo, no puedes llegar a la puerta un buen día y hacer de cuenta que nada ha pasado y esperar que Estrella y yo te recibamos con los brazo abiertos.

-Tienes razón, discúlpame. Mira, este es mi número de teléfono. Llámame si necesitas algo, de igual manera yo estaré llamando periódicamente para saber cómo están tú y Estrella. ¿Estás de acuerdo?-le dice Jacobo mientras le entrega un trozo de papel con su número de teléfono.

-Está bien, ya es muy tarde- responde Maite.

-Sí, ya me voy. Hasta pronto Maite.

-Hasta pronto Jacobo.

Jacobo se va y Maite cierra la puerta. Él se moría de ganas por darle un beso, sin embargo comprendía que quizás no era apropiado dadas las circunstancias.

Maite apaga las luces de la sala y se va a dormir. No para de pensar en la visita de Jacobo.

## Capítulo XIV.

Al día siguiente, Estrella y Carlos Javier van saliendo juntos de la universidad.

-¿Quieres que te acompañe hasta tu casa?- pregunta Carlos Javier.

-Claro que si.- responde.

En el camino, Estrella le cuenta a Carlos Javier todo lo que paso durante el encuentro con su padre después de tantos años.

-¿Cómo te sentiste al verlo?-pregunta Carlos Javier.

-En el momento estaba en estado de *shock*. Él se fue cuando aún era una niña pequeña, pero lo recordaba muy bien. Sabía que era él, pero me dejo fuera de base. No fue de esa manera como había imaginado que sería cuando me lo encontrara de nuevo.

-¿Lo odias?

-La verdad no. Sé que debería, pero no.

-Si algo he aprendido en esta vida es que amar a unos pocos y odiar a muchos, no trae sino más que aflicción de espíritu, envenena el alma y el corazón.

-Sí, es verdad.

-Pero no lo has llamado.

-No y la verdad no pretendo hacerlo, al menos no por ahora.

-¿Por qué?

-No tenemos tema de conversación, me sentiría incomoda.

-Los temas irán fluyendo. Ya verá.

-Ya veremos.-

-¿Y su mamá volverá con él? ¿Ya le ha perdonado?

-No sé, no quiso decirlo, no obstante sé que está más que entusiasmada con la idea que haya vuelto.

-Aun lo ama.

-Si.

-En la vida hay amores que nunca pueden olvidarse, como dice la canción.

-Inolvidable.

-¿Qué cosa es inolvidable?

-La canción.

-No se me ha olvidado.-

Estrella se ríe del cometario de Carlos Javier.

-No, me refiero al título de la canción. Hiciste referencia a una canción cuyo título es "Inolvidable"- aclara Estrella.

-Oh cuanto lo siento. Es que al estar con usted me pongo que no capto bien las cosas.

-No seas bobo.

-Es a verdad.

-Si tú lo dices.

-Yo nunca miento.

-¿En serio?

-En serio.

-Ay por favor-dice Estrella entre carcajada y carcajada.

-No se ría que es la verdad.

-Y si es así ¿por qué tú también te ríes?-pregunta Estrella

-Porque tú te estas riendo también. Si la gente te ve riendo sola, pensaran que estás loca.

-Eres muy gracioso.-

-Entonces, ¿te hago reír?

-Sí, siempre.

-Eso es algo positivo para mí entonces.

-¿Por qué lo crees?

-No sé, solo pensaba en voz alta.

-¿Y en que pensabas?

-En usted.

-¿Piensas en mí con regularidad?-

-Supongo que sí, ¿y usted piensa en mí?

-A veces.

-¿Y qué piensa?

-Cosas.

-¿Qué cosas?

-Ya llegamos a mi casa.

-Dime en que piensas.

-¿Iremos este fin de semana siempre al cine?-

-Sí, claro.

-Bueno, allí te responderé.

Estrella le da un beso en la mejilla a Carlos Javier y se despiden. Al retirarse de la puerta, Carlos Javier no deja de pensar en Estrella. Mientras tanto, Estrella al borde del éxtasis por pronta llegada del fin de semana e ir al cine con Carlos Javier.

Aunque lo disimula bastante bien, Carlos Javier también luce emocionado por la próxima cita con Estrella.

## Capítulo XV.

Llegado el fin de semana, por fin un descanso después de una ajetreada semana. Estrella se prepara emocionada para ir al cine con Carlos Javier.

-Mamá, ¿Dónde está mi vestido blanco que había llevado a planchar?

-No sé, búscalo en el closet.

-Ya busqué y no lo encuentro.

-¿Estás segura que lo llevaste a planchar?

-Si mamá. Lo lleve a planchar ayer.

-¿Y te acuerdas haberlo ido a retirar de la lavandería?

-¡Oh, rayos! Ahora vengo, iré a buscarlo.

-Tu siempre descuidada hija.

Estrella va camino a la lavandería a buscar el vestido blanco que se pondrá para ir al cine con Carlos Javier.

-Hola Estrella, que bonito vestido- le dice una de las vecinas al verla en la lavandería esperando a que terminen de plancharlo.

-Gracias señora Eduviges- Responde Estrella.

Luego regresa a casa con el vestido planchado. Va a toda prisa hacia su recamara para cambiarse, sabe que ya se le está haciendo tarde para su cita. Al terminar de arreglarse, sale de la recamara.

-¿Cómo me veo mamá?

- Te queda hermoso ese vestido hija.-

-Bueno, ya me voy. Me encontrare con Carlos Javier en el centro comercial.

-Anda hija, cuídate.

Estrella se va, camino al centro comercial, emocionada por la cita.

Mientras tanto, en la tienda, Carlos Javier se va alistando para la cita con Estrella. Le pidió permiso al jefe para terminar su jornada de trabajo quince minutos antes para poder cambiarse de ropa. En la tienda usan un *sweater* tipo polo con el logo de la tienda y pantalón de gabardina negro. Al salir del baño, la cajera del almacén se queda contemplando a Carlos Javier.

-¡Vaya!, irás a una cita especial por lo que parece. Cuanta elegancia – le dice.

-Algo así- responde.

Estrella llega al centro comercial, al último piso donde se encuentran el cine y los restaurantes. Ella toma su teléfono para escribirle a Carlos Javier decirle que ya llego. Él le responde que ya ira subiendo hacia allá. La tienda de Carlos Javier está en el segundo piso del centro comercial.

Estrella va hacia un puesto de helados que hay cerca y se compra uno. Se sienta en una de las mesas a comerse el helado mientras espera a Carlos Javier. Al cabo de unos minutos, Carlos Javier reconoce el largo cabello lacio y negro de

Estrella, aunque esta de espalda, él sabe que se trata de ella. Va caminando hacia la mesa.

-Hola Estrella.

En ese momento, ella voltea la cabeza y al ver que se trata de Carlos Javier, se levanta.

-Hola, ¿Cómo estás? Pensé que ya no vendrías.- Le dice.

Carlos Javier mira desde arriba hasta abajo a Estrella. Nunca antes la había visto tan hermosa como en ese momento. Pasan varios segundos y él se queda sin responder.

-¿No me vas a saludar?- dice Estrella.

-Claro, disculpa-le dice mientras le da un beso en la mejilla.

-sabes que acabo de recordar que adentro de la sala de cine hace frio y no traje abrigo. Como veras, mi vestido es de tipo "hombros afuera"-

-No hay problema, yo traje mi abrigo. Puedes usarlo si quieres.

-¿pero despúes tendrás frio?

-No te preocupes, no sentiré tanto frio como tú. Úsalo.

Él le da el abrigo a Estrella. Entran al cine y forman la fila para comprar las entradas. Carlos Javier no pasara tanto frio, pues lleva puesta una camisa manga larga.

-¿Qué película quieres ver?

-No sé, algo donde haya acción, aventura o suspenso.

-Pensé que querrías ver una comedia romántica, drama o algo así.-

-Si me gustan también, pero no tanto. ¿De modo que como soy mujer solo deberían gustarme las comedias románticas? Eso es muy *cliché* de tu parte-le dice Estrella mientras sonríe.

-No para nada, solo me dio esa impresión.

-¿Qué tipo de películas te gustan a ti?

-Me gustan mucho las de comedia, romance y drama. Digamos que soy un chico sensible - dice Carlos Javier mientras sonríe.

-No esperé eso de ti. Yo pensaba que como eres hombre, te gustarían las películas de acción y aventura.

-Ahora es usted la de los estereotipos.

-Ah! Viste que se siente feo y no te gusta.

-ja ja ja usted gana Estrella. Adiós a los estereotipos.

La fila sigue avanzando y finalmente compran los boletos.

-¿Vamos a comprar palomitas de maíz y soda? ¿Quieres algo de la dulcería?-pregunta Carlos Javier.

-No, comí antes de salir de casa.

-Sabe que sería una novia excelente. No se gasta mucha plata-dice Carlos Javier mientras ríe a carcajadas.

-Quizás- le responde Estrella con una sonrisa pícara.

Luego de eso, entran a la sala para ver la película. A pesar de ser sábado en la noche, sorpresivamente el cine luce bastante vacío, en medio de la película, Carlos Javier extiende su mano sobre Estrella y ella se recuesta sobre su hombro. En un momento, él la mira a ella fijamente, ella al notar que él la está mirando, se acerca hacia él, como para intentar besarlo, pero en ese momento suena el teléfono celular de Estrella, y las pocas personas que hay en la sala piden silencio. Estrella había olvidado poner su teléfono en modo de vibración.

Al revisar los mensajes, se da cuenta que se trata de su madre; para peguntarle cómo va la cita. Estrella solo manda un emoticón en señal de aprobación, para indicarle que todo va bien. Luego de eso pone el celular en vibrador.

## Capítulo XVI.

Al terminar la película, salen del cine caminando y riendo amenamente mientras comen un helado. Del otro extremo del pasillo del centro comercial esta Karina, una compañera de clases de ellos y la mejor amiga de Santiago. Al verlos juntos, esta toma su teléfono celular y llama a Santiago para contarle lo que está pasando.

-Dime Karina-contesta Santiago del otro lado del teléfono.

-A que no adivinas a quien acabo de encontrarme acá en el centro comercial, juntitos y comiendo helado y todo-

-¿A quién te encontraste?

-Pues a tu divino amor, tu Estrellita tomada de la mano del colombiano ese.- responde Karina con cierto tono de cizaña.

-Eso no puede ser, no te creo.

-Ya lo veras Santi.

Karina le cierra el teléfono y le toma varias fotos a Carlos Javier y a Estrella juntos, luego le manda las fotos a Santiago.

Santiago al ver las fotos de Estrella y Carlos Javier Juntos, le dice a Karina que vaya inmediatamente para su casa.

Karina es una muchacha de 21 años, muy hermosa pero con un corazón negro como el carbón. Ella tuvo una relación con Santiago hace algún tiempo atrás, pero no funcionó, de modo que solo quedaron como amigos y amantes. Siempre que Santiago le dice que vaya para su casa o cada vez que salen juntos, es para tener sexo; sin compromiso alguno.

Mientras tanto, Estrella y Carlos Javier siguen caminado por los pasillos del centro comercial, conversando de la vida.

-Ya es tarde, van a cerrar el centro comercial, deberíamos irnos.

-Sí, es muy tarde ya-responde Carlos Javier mientras mira el reloj que lleva puesto en su muñeca.

-Yo le acompañaré hasta su casa.

-No es necesario, soy una niña grande y puedo cuidarme sola ¿no crees?-

-No, como cree que la voy a dejar sola, ni más faltaba, nos vamos juntos.

-Está bien.

Al salir del centro comercial toman un taxi, con dirección a la casa de Estrella. En el camino van conversando sobre la película que vieron en el cine.

Al llegar a la casa de Estrella, Carlos Javier le dice al taxista que lo espere mientras él se baja para despedirse de Estrella.

Estrella se dispone a sacar el dinero de su cartera para pagar el taxi.

-No es necesario Estrella, yo lo pago- le dice Carlos Javier.

-No, yo quiero pagar mi parte del taxi. Es lo justo.

-Pero yo te invite  recuerda; lo justo es que al menos yo pague el taxi.

-Bueno, tienes razón. Pero la próxima vez invito y pago yo.

-¿O sea que habrá una próxima vez?

-No sé.

-Tú misma lo acabas de decir.

-Yo no dije eso.

-¿La pasaste bien hoy?

-Sí, claro.

-¿De modo que podríamos salir otra vez?

-Seguro que sí.

Estrella sonríe y Carlos Javier se va alejando de la entrada, indeciso sobre si era o no correcto darle, aunque sea un beso en la mejilla a Estrella. Pensó en hacerlo, pero no le pareció adecuado. Estrella por su parte, esperaba ese beso, que nunca llego. Él se monta en el taxi y le da la dirección de su casa al taxista.

Estrella entra a su hogar, se cambia de ropa y se acuesta en la cama. Al rato, su teléfono recibe un mensaje, es Carlos Javier mandándole un emoticón con un beso. Ella le responde de la misma manera. Luego de eso, Estrella se acuesta a dormir; pensando en Carlos Javier y en la cita que habían tenido.

## Capítulo XVII.

Al llegar Karina a la casa de Santiago, le pregunta si está solo, este responde que sí. Acto seguido ella se tira en sus brazos. El comienza a besarla y a quitarle la ropa, la lleva cargada hasta su cuarto donde la tira en la cama. Él se baja el pantalón y comienza a penetrarla mientras la besa muy suavemente en el cuello. Ella le dice que le dé más duro; y el comienza a penetrarla con más fuerza.

Luego ella se cambia de posición y el comienza a practicarle sexo anal.

Al cabo de tres horas, Santiago se levanta de la cama y enciende un cigarrillo.

-Necesito que hagas algo por mi Karina- dice Santiago.

-Dime.

-Necesito que enamores al colombiano y hagas que se separe de Estrella. Tú eres muy

106

atractiva, ningún hombre te va a decir que no a lo que pidas.

-¿Tanto la amas así?

-Sí, la amo y mucho.

En ese momento, Karina toma el paquete de cigarrillos de Santiago; saca uno y se dispone a prenderlo, Santiago toma el encendedor y le brinda fuego.

-¿Y qué obtengo yo de esto?

-Me tienes a mí- responde Santiago.

Ella se ríe pícaramente y comienza a besar a Santiago.

-Está bien, a partir del lunes me pondré en esa tarea. Ahora solo bésame Santi. Házmelo otra vez como solo tú sabes hacerlos.

-¿Cómo solo yo sé hacerlo?

-Si.

-Pero tú haces algo que a mí me gusta mucho.

-¿Qué será?- dice Karina mientras sonríe y se muerde el labio inferior izquierdo.

-Tú sabes bien que es.

-Claro que sí.

Acto seguido, Karina se agacha y comienza a practicarle sexo oral a Santiago. La cara de satisfacción de este es evidente, Karina por su parte parece disfrutarlo mucho. Ella comienza a masajearlo con su lengua desde la punta hasta el final. Luego de cuarenta y cinco minutos, Santiago eyacula en la boca y rostro de Karina. Ella se levanta y lo besa apasionadamente.

-Hay algo que no entiendo- dice Karina.

-¿Qué cosa?

-Si tanto amas a Estrella, ¿Por qué estás aquí conmigo?

-Porque ella jamás podría darme lo que tú me das y tristemente tú jamás podrías darme lo que ella podría.

-¿Y que será eso yo puedo darte y ella no?

-El mejor sexo del mundo.

-¿Y qué es eso que yo no puedo darte y ella sí?

-Tú sabes muy bien que es.

-No sé.

-Amor.

-Ja ja ja, no me hagas reír Santi, esa es la última cosa que ella podría darte.

-¿Por qué dices eso?-

-De ser así, ya te lo habría dado. Llevas rato detrás de ella.

-Tal vez, pero es que nunca había surgido una amenaza como ahora.

-De modo que vez al colombiano como una amenaza.

-Podría decirse.

-No te preocupes, después que lo seduzca y caiga en mis manos, Estrella lo va a odiar y no querrá saber nada de él. Y cuando más loco y enamorado este de mí, lo dejaré.

-Y así apareceré yo para consolar a Estrella y aprovecharme de su momento de sensibilidad. Le daré todo mi amor.

-Y por las noches yo vendré para que me hagas tuya. En el día puedes ser todo de Estrella, mas en las noches serás todo para mí.

-Así es Karina. Y tú serás toda mía en las noches.

## Capítulo XVIII.

El lunes por la mañana, un sol radiante irradia, Carlos Javier va camino a la universidad. Al llegar a la entrada del edificio, se encuentra con Estrella.

-Hola Carlos Javier, ¿Cómo estás?

-Hola, bien pues pensando en usted- le responde.

-¿Piensas en mí a menudo?

-Sí, sabe que le hable a mi madre de usted y dice que la quiere conocer.

-Yo también le hable a mi mamá de ti y también quiere conocerte.

-¡Oh!, yo encantado. Bueno, mi mama dice que si puede ir este viernes a cenar.

-Claro que sí.

-¿Entonces es una cita?

-Supongo que sí.

-¿En serio?

-Ya es hora de ir a clase, démonos prisa o llegaremos tarde.

-Está bien.

Al llegar al salón, Estrella se siente en su puesto habitual junto a Micaela. Carlos Javier generalmente se sienta del otro extremo del salón. Convenientemente, es cerca del puesto donde generalmente Karina se sienta.

-¿No estas celosa que Karina está sentada cerca de tu hombre? - Le dice Micaela a Estrella.

-No debería, solo hemos salido una vez, aunque me dijo que su mama quiere conocerme. Iré a comer a su casa.

Mientras tanto, Karina aprovecha la más mínima oportunidad para insinuársele a Carlos Javier.

Ella le dice a Carlos Javier si la puede ayudar después de clase con una tarea que asignaron, él se queda extrañado al ver que Karina le está pidiendo ayuda, si han intercambiado dos o tres palabras en lo que va del semestre ha sido mucho, no obstante él acepta.

Estrella le manda un mensaje de texto al celular preguntándole a Carlos Javier que va a hacer después de clase; él responde que ayudará a Karina con la tarea. Estrella se queda un tanto sorprendida por la noticia, sin embargo, no pone objeción alguna.

-Esto está raro amiga –le dice Estrella a Micaela.

-¿Qué cosa?

-Carlos Javier dice que ayudara a Karina con la tarea, ella jamás le ha dirigido la palabra a él y de repente le pide ayuda.

-Te lo dije, ella te quiere quitar a tu hombre.

-No creo, no es su tipo.

-Hay por favor –dice Micaela- tú sabes que el "tipo" de esa perra es cualquiera que tenga pene.

-No hables así.

-Pero si es la verdad.

-De todas maneras, no es bueno estar hablando mal de las personas.

-Muy bien. No diré nada. Después no te quejes.

-Acompáñame a la casa a hacer la investigación.

-¿Habrá comida?

-¿Eso que tiene que ver?

-Tiene que haber comida para que yo me sienta motivada a ir contigo.

-¿Y que hay sobre la amistad de tantos años que nos une?

-Tú sabes que la amistad va y viene, pero el hambre queda- dice Micaela sonriendo.

-En verdad sabes ser graciosa cuando te lo propones.

-Seguro que sí.

Micaela y Estrella salen rumbo a casa de esta última para terminar la investigación. Estrella toma su teléfono y le manda un mensaje de texto a Carlos Javier. Dicho mensaje tiene una carita feliz y un beso. Él a su vez, le responde con un corazón grande.

## Capítulo XIX.

Finalmente llega el tan esperado día en que Estrella conocerá a la mama de Carlos Javier y de paso, la casa en donde viven.

-Hoy es el día que conocerás a la mama de Carlos Javier- pregunta Maite a su hija.

-Así es mamá, y la verdad no tengo idea de que ponerme.

-¿Y esperas hasta hoy para decidir eso?

-Si ya se, soy irresponsable. Lo siento. Ya le escribí a Micaela para que también venga a ayudarme, quiero darle una buena impresión a esa señora.

-¿Y cuándo vas a traer a ese muchacho acá? Tú también tienes madre y casa para que el conozca.

-Sí, casualmente hablamos de eso y tengo pensado invitarlo para que venga acá el otro fin de semana.

-Me parece bien. Preparare una comida especial.

-Mamá tengo una duda.

-¿Qué tienes hija?

-¿Crees que debería presentarle mi padre a Carlos Javier?

-Solo si tú quieres. ¿Él sabe toda la historia?

-No, aun no se lo he contado. Solo sabe que mi papá se fue y ya. Si se lo presento se traduce en que tendré que contarle todo sobre él.

-Yo pienso que es lo mejor, cuéntale todo y después preséntaselo. En las relaciones es mejor hablar siempre con la verdad. Una relación sana solo se obtiene cuando se ha construido sobre buenos cimientos. Esos cimientos son la sinceridad y el respeto.

-Así es. Hablare con Carlos Javier.

-Oye ahora que mencionas el tema de tu padre, ¿Cómo va la relación con él?

-Bueno, hablamos por teléfono e intercambiamos mensajes de texto. No sabe mucho de tecnología, está aprendiendo. Dice que todos los avances tecnológicos pasaron cuando estaba en prisión.

-La verdad que sí.

En ese momento llega Micaela para ayudar a Estrella a arreglarse.

-¿Cómo estas amiga?- le dice Micaela a Estrella mientras le da un beso en la mejilla.

-Aquí enredada e indecisa sobre que ropa ponerme para ir a la casa de Carlos Javier.

-Bueno, yo me retiro para que conversen niñas- dice Maite.

-No necesito tu ayuda también mamá.-

-Si señora Maite, usted es una señora chévere. Quédese con nosotras.

-Está bien, me quedare.

Maite y Micaela ayudaron Estrella a encontrar el atuendo perfecto para ir a la casa de Carlos Javier. Al final Estrella luce muy hermosa. Ella viste una camisa blanca sin hombros y estampada; unos pantalones *jeans* y unas botas color café. Lleva su deslumbrante cabello lacio suelto.

-Luces bellísima hija. Seguro lo vas a deslumbrar y mucho.

-Amiga, posa para tomarte una foto.

-Está bien.

Micaela le toma varias fotos a Estrella, ella le dice que las subirá a su *Facebook* y a *Instagram*. Maite le pide también las fotos a Micaela para guardarlas, como un día especial, el día en que su pequeña hija va a conocer a la mamá de su primer novio.

-Toma esto Estrella- Le dice Micaela mientras le entrega algo, a escondidas de la madre de Estrella.

-¿Qué es esto?

-No lo abras aquí, es por si las moscas.

Estrella abre el cartucho sigilosamente y nota que es un condón.

-Micaela, ¿Qué te sucede? Voy a una comida familiar-

-Uno nunca sabe, es mejor que estés precavida. Quizás hoy sea el día en que pierdas tu virginidad.

-Eres terrible.

-Soy realista.

En ese momento regresa Maite a la sala.

-¿Entonces cómo vas a hacer para ir hasta la casa del muchacho? ¿Iras en el metro o en taxi?

-Iré en metro, mucho más rápido.

-¿No quieres que te lleve?-pregunta Micaela.

-No es necesario, gracias.

Estrella se despide de su mamá y su amiga y parte rumbo a la casa de Carlos Javier. Estrella luce muy emocionada por el encuentro con la madre de su amado.

## Capítulo XX.

Mientras tanto, en su casa, Carlos Javier se prepara para recibir a Estrella. Su mama cocinó una deliciosa comida con motivo de la ocasión especial.

-Me siento orgullosa de usted hijo. Mi pequeño me va a traer a su primera novia- le dice Camila a su hijo.

-Mamá ya no soy un niño chiquito, soy un hombre.

-Para mí siempre serás mi pequeño hijo, más porque sé que estuvimos mucho tiempo separados; siento que me perdí cosas importantes de tu vida- dice Camila mientras algunas lágrimas brotan de sus ojos azules como el mar.

-No se ponga triste mamá, hoy es un día de alegría, ya lo que paso no importa. Usted estuvo siempre conmigo en mi mente y en mi corazón. Yo siempre supe que usted no se fue por voluntad propia, sino para poder brindarme una mejor calidad de vida y eso es algo que jamás voy a olvidar- dice Carlos Javier mientras le da un fuerte abrazo a su madre.

El celular de Caros Javier recibe un mensaje, él se mueve hacia la mesa que esta junto a su cama y levanta el teléfono. Al revisar, ve que se trata de un mensaje de Estrella anunciando que está cerca.

-Mamá, ya casi está aquí.

-¿Quién hijo?

-¿Quien más? Pues claro que mi Estrella.

-¿Tu Estrella? Pero si es de día. Espera a la noche para que puedas ver Estrellas en el cielo.

-Usted siempre con sus chistes malos.

-Sabes que ese es mi encanto natural hijo.

-Si claro, sobre todo el encanto.

-Oye espero que le guste la comida colombiana. ¡Oh cierto! Tú le gustas así que ya sabemos que definitivamente si le gusta la comida colombiana- dice Camila con una sonrisa en su rostro.

Se escucha el sonido del timbre. Carlos Javier va corriendo hacia la entrada, se trata de Estrella. Él abre la puerta y la recibe con un gran abrazo.

-Mamá, ella es Estrella.

-Mucho gusto- dice Camila mientras le da un beso en la mejilla.

Estrella, Camila y Carlos Javier se sientan a conversar en la sala, esperando a que el pollo al horno se termine de cocinar. Carlos Javier y Estrella están sentados, tomados de la mano, en un sillón; mientras Camila está sentada frente a ellos.

Afuera se percibe un hermoso atardece.

Luego se sientan a comer, hablan de la universidad y de los planes a futuros. Estrella luce menos nerviosa luego de haber conversado más a fondo con la madre de Carlos Javier. Al terminar, Estrella se ofrece a lavar los platos.

-Oye pero que bien, parece que usted se ha sacado la lotería con esta niña, hasta los platos se ofreció a fregar.

Carlos Javier sonrojado por la pena.

-No es ninguna molestia para mi señora, usted gentilmente me ha abierto las puertas de su casa y es lo mínimo que puedo hacer.

En ese momento suena el teléfono celular de Camila, ella lo revisa, es un mensaje de una amiga preguntándole si vendrá siempre a la noche de bingo que había organizado la sociedad de colombianos residentes en Panamá.

-Ay que pena con ustedes, yo ni me acordaba que ese evento era hoy. Yo les había prometido que iría desde hace tres semanas- dice Camila.

-Está bien, no se preocupe- responde Estrella.

-¿Ustedes saldrán a alguna parte o prefieren quedarse acá? Aún es temprano, deberían pasar un ratico, más juntos, ya que en la semana entre la universidad y el trabajo de Carlos Javier, no tienen muchas oportunidades para verse y compartir juntos.

-¿Qué quieres hacer Estrella?- pregunta Carlos Javier.

-Es algo tarde para salir a la calle, podemos quedarnos aquí a ver una película.

-Ah bueno. Listo.

-Bueno yo me tengo que ir ya. Cuídense, Cualquier cosa me llaman o me escriben al celular- le dice Camila.

-Fue un placer conocerla señora.

-Hasta pronto mamá.

Estrella y Carlos Javier se van a la recámara de este a ver una película. En la sala no tienen televisión.

## Capítulo XXI.

Durante la película, Estrella se coloca junto a los brazos de Carlos Javier, este la abraza y le da un beso en la frente. En ese momento, ella levanta la cabeza y el vuelve su mirada hacia ella, y comienzan a besarse muy apasionadamente por varios minutos. Ella comienza a quitarle la camisa a él y el termina ayudándola.

-¿Estas segura que quieres hacerlo?-pregunta Carlos Javier.

-Sí, aunque tengo algo de miedo. Es mi primera vez.

-La mía también- responde Carlos Javier.

Carlos Javier se desabrocha el pantalón y Estrella esta sin camisa, tendida en la cama, él comienza a besarle los senos muy despacio, besa todo su cuerpo hasta llegar al cuello y la boca.

Ellos se entregan al éxtasis de la pasión y el romance.

El la abraza muy fuerte y le dice al oído "te amo". Ella le responde un "yo también".

-Soy tan feliz cuando estoy con usted- dice Carlos Javier.

-Yo también soy muy feliz.

-Ambos somos felices el uno con el otro.

-Si. Y espero no tener que separarme de ti ahora que finalmente te encontré.

-Yo tampoco espero tener que separarme de usted. Ha sido un vestigio de felicidad y alegría que ha llegado a mi vida, una pequeña luz al final del túnel, un motivo por el cual luchar y salir adelante.

-¿Todo eso soy para ti?

-Todo eso y mucho más.

-¿Me quieres?

-Sí, ¿y usted a mí?

-Mucho, estaba nerviosa sobre si le caería bien a tu mamá, Micaela y mi mamá me ayudaron a escoger la ropa y todo para venir.

-Le caíste muy bien a mi mamá. Sabrá que yo también estaba algo nervioso, mi mamá no paraba de molestarme que "su pequeño hijo" finalmente trae una novia a casa, y otras cosas más.

-Mi mamá también es así mismo.

-Si. Amor ya es algo tarde, le acompañare hasta su casa para asegurarme que este bien.

-No quisiera tener que dejarte, pero tienes razón, le escribiré a mi mamá para decirle que estoy bien y que ya voy para la casa. Debe estar muy preocupada, pues apagué el celular para que sus mensajes no nos interrumpieran.

-No debería hacer eso, que tal que surja una emergencia.

-Mi mamá siempre tiene la peculiaridad de escribirme en los momentos menos oportunos.

-Como aquella vez en el cine del centro comercial.

-Exacto.

Carlos Javier se levanta de la cama y se sube el pantalón. Entre tanto, Estrella se pone su camisa y se abrocha el pantalón también. Se va al baño, donde hay un espejo y comienza a arreglarse un poco el cabello, pues se encuentra algo despeinado. Carlos Javier la sorprende por detrás con un abrazo y un beso en el cuello.

Carlos Javier y Estrella toman un taxi hacia la casa de esta última, al llegar él le pide al taxista que espere mientras él la acompaña hasta la puerta, como todo un caballero.

-Hasta luego amor-le dice Carlos Javier.

-Hasta pronto- responde ella.

Él le da la espalda mientras va caminando de regreso al taxi, Estrella está metiendo la llave para abrir la puerta de su casa, de pronto, él se regresa y la toma por la cintura y le da un beso.

-Pensé que no te ibas a despedir con un beso- dice Estrella.

-Lo siento quise ponerle algo de emoción y romance al momento.

-¿Te gusta el romance?

Sí, mucho la verdad. ¿Y a ti?

-Me encanta. Hay algo que tampoco le he dicho.

-¿Qué cosa?

-Algo muy importante-

-Dime de que se trata y no me tengas en ascuas por favor.

-Te amo Estrella.

-Yo también te amo.

Carlos Javier ahora si se despide de verdad para irse a su casa, son unos cuantos minutos después de la media noche. Estrella le hace una seña que por favor le escriba cuando llegue a casa para saber que llegó bien. Este le manda un beso.

131

Al llegar a su casa, Carlos Javier le escribe tal como le había prometido. Ella le responde con un corazón y un "te amo". Él también le dice que la ama y que podría decírselo en persona, por teléfono o por mensajería instantánea y jamás aburrirse. Siente que podría pasar el resto de la vida diciéndole que la ama y jamás aburrirse. Ella también le responde lo mismo.

## Capítulo XXII.

Una tarde soleada, después de clases, Estrella y Carlos Javier salen juntos al parque para pasar un día de campo y un encuentro con la naturaleza. Ella luce hermosa como siempre y él, igualmente feliz al saber que su amada es feliz a su lado.

Carlos Javier pone un gran tapete a la sombra de un imponente árbol, para tomar ventaja de su sombra y de paso sentir la brisa fresca que esté provee.

Estrella le cuenta toda la verdad sobre su vida a Carlos Javier, incluyendo el asunto de su padre y a su vez, Carlos Javier le cuenta toda su historia en Colombia, sobre que hacia su padre para vivir y como fue asesinado. Tanto para Estrella, como para Carlos Javier es importante no ocultar nada de su vida, pues son conscientes que una relación no puede basarse en engaños o mentiras.

-Ahora que sabe todo de mí, ¿aun quiere estar conmigo Estrella?- pregunta Carlos Javier.

-Claro que si mi amor, nada de eso importa, el pasado no es lo importante; lo más importante es nuestro presente y por supuesto, nuestro futuro juntos. ¿Tú me quieres aun sabiendo que mi padre es un narcotraficante y que estuvo en la cárcel?- responde Estrella.

-Claro que si quiero, además yo no estoy con su papá, estoy con usted mi reina.

-Te quiero tanto Carlos Javier.

-Y yo a usted Estrella.

-Prométeme algo.

-No.

-¿Por qué no?

-Porque seguramente usted va a querer que le prometa algo que quizás no podré cumplir.

-No creo, si en verdad me amas tanto como dices, sé que lo podrás cumplir.

-A ver, dígame.

-Prométeme que siempre vamos a estar juntos y que aún si lo nuestro no funcionara, me tendrás siempre un espacio especial en lo más profundo de tu corazón,

-Amor, no puedo prometerle que va a durar para siempre, pues sería irresponsable de mi parte, lo que puedo prometerle es que yo haré todo lo que este en mis manos para estar con usted, pondré todo de mi parte para hacer que funcione, quizás haya dificultades, como en todas las relaciones, no obstante, tengo la firme convicción que todos los podremos superar, solo si estamos juntos y si conversamos de todo aquello que nos molesta, así como conversamos de las cosas que nos hacen feliz. Cruzaré todos los mares y las murallas que sean necesarias, con tal de estar con usted.

-Tus palabras hacen que me enamore más de ti.

-Cada día que pasa yo me enamoro más de usted, cada vez que la abrazo, en cada caricia, en cada mirada suya, siento que me derrito por completo, al tenerla cerca todo mi mundo se pone de cabeza, es como si todos y todo dejara de existir y no se hacer otra cosa que pensar en ti.

-Yo también siento lo mismo, por eso te pedí que me prometieras que siempre vamos a estar juntos.

Carlos Javier le da un beso a Estrella en el cuello y esta lo abraza muy fuerte.

-No me suelte por favor- le dice Carlos Javier.

-No te quiero soltar.

-¿Pero y la comida que trajimos para el día de campo?

-Podemos comer después, ¿no crees?

-Yo no iré a ningún lado, pero las hormigas pueden hacer presa de nuestra comida.

-La única comida que quiero eres tu amor.

-ja ja ja usted si sabes ser hilarante cuando se lo propone.

-Forma parte de mi encanto natural, ¿no crees?

-Definitivamente, es por eso que me enamoro más de usted.

-Yo también, y aunque el día fuera soleado y una suave brisa corriera por todo mi cuerpo, si tú no estás conmigo, es como si el cielo se pusiera negro y comenzara a caer un torrencial aguacero.

-También sabe ser elocuente cuando se lo propone.

-¿Te gusta la poesía amor?

-Me encanta, mucho más si vienen de esos hermosos labios con sabor a fresa y miel.

Carlos Javier y Estrella siguieron conversando y riendo juntos el resto de la tarde y justo antes de la puesta del sol, levantan sus cosas y se retiran, pues Carlos Javier debe ir a trabajar en la madrugada al almacén y Estrella debe estar

137

temprano en su casa, pues su madre se preocupa cuando sale muy tarde.

## Capítulo XXIII.

Pasan las semanas y el romance entre Estrella y Carlos Javier se hace cada vez más fuerte, cada día que pasa, se enamoran más el uno del otro. Karina sigue tratando infructuosamente de hacer que Carlos Javier se fije en ella, mas no lo consigue.

-Carlos Javier, ¿crees que podrías venir a mi casa esta tarde a ayudarme con la tarea de Física III?

-Claro, no hay problema.

-¿Estrella no se molestará conmigo?

-No, yo hablé con ella y sabe que no tiene de que preocuparse.

-Está bien, te espero.

Carlos Javier sale rumbo a la casa se Karina para ayudarla con su tarea. Al llegar, este se queda sorprendido al ver la forma en que ella esta vestida, trae puesto un pantalón muy corto, el cual deja ver sus hermosas piernas y un *t-shirt* ombligo afuera y sin hombros. Lleva el cabello recogido y los labios color carmesí pronunciados.

Karina se levanta de la mesa donde está sentada junto a Carlos Javier haciendo la tarea, y va hacia la cocina, ella se agacha a buscar algo en uno de los muebles de la parte inferior, dejando ver sus pronunciadas nalgas, esperando que Carlos Javier se fije en ella, mas este aprovechando que ella se levantó de la mesa, toma su celular para escribirle a Estrella. Ella al ver esto, le dice a Carlos Javier que espere un momento, pues debe ir a la recamara de atrás a buscar algo. Él le responde que no hay problema, que se tome su tiempo, pues entre tanto, el seguiría intercambiando mensajes con su amada Estrella.

Al cabo de unos minutos, Karina regresa a la sala, completamente desnuda.

-Karina, ¿Qué está haciendo?- pregunta Carlos Javier mientras ella se acerca despacio hacia él y comienza a acariciarlo y se sienta sobre su regazo.

-¿No me deseas?

-No, yo amo a Estrella.

-Ella no es mejor que yo y te aseguro que no es mejor amante que yo.

-La amo y no puedo serle infiel jamás.

-Relájate y déjate llevar.

Karina intenta besar a Carlos Javier, mas este se resiste. Él la aparta de su lado.

-Lo siento Karina, usted es una mujer muy bonita pero yo amo a Estrella más que a nada en esta vida, no hay día, hora minuto o segundo que no esté yo pensando en ella. Simplemente es la mujer que yo más amo, no hay cabida en mi vida para otra mujer que no sea ella, no tengo ojos siquiera para mirarla a usted ni a ninguna otra que no sea ella. Espero que entienda.

Karina no articula palabra alguna, mientras Carlos Javier toma sus cosas y se va de la casa.

Carlos Javier llama a Estrella para contarle todo lo que paso. Estrella indignada piensa en llamar a Karina para reclamarle, mas decide no hacerlo y simplemente no dirigirle más la palabra. El amor y la confianza crecen más entre Estrella y Carlos Javier después de ese suceso. Lejos de separarlos, Karina logró unirlos aún más. De modo que el plan malévolo de Santiago no dio resultado en lo absoluto.

Karina se coloca una bata y busca su celular para llamar a Santiago.

-¿Qué paso Karina? ¿Hay buenas noticias?- pregunta Santiago por teléfono.

-No, él está muy enamorado de ella; de todas as formas posibles me le he ofrecido y no ha hecho más que rechazarme. El si la ama de verdad, no como tú que estas obsesionado con ella. Él me dijo que la ama tanto que no tiene ojos para ninguna otra mujer. En cambio tú dices amarla,

142

sin embargo te acuestas conmigo. Eso que tú sientes no es amor.

-Ven a mi casa.

-No quiero.

-Tú sabes que quieres venir.

-Si quiero, pero estoy cansada de ser tu esclava sexual. ¿Por qué no pudiste amarme con la misma fuerza e intensidad que él la ama a ella?

-Ven a mi casa y conversamos.

Karina por varios minutos se resiste a ir a la casa de Santiago, no obstante el termina convenciéndola. En el fondo, Karina está enamorada de Santiago y quizás por eso siempre termina cediendo a sus caprichos.

Allá en su casa, Santiago converso con Karina un rato, luego terminaron teniendo relaciones sexuales.

## Capítulo XXIV.

Algún tiempo después de eso, frente al edificio la facultad, hay un parque con bancas y muchos árboles. Un lugar donde los estudiantes pueden ir a estudiar o bien a relajarse después de un ajetreado día de clases. Hay algunos animales silvestres, completamente inofensivos para los humanos. La convivencia entre el hombre, los animales silvestres y la naturaleza se hace indispensable en un mundo socavado por el estrés y el ajetreo de la ciudad capital.

Estrella se encuentra sentada en una de las bancas leyendo un libro mientras escucha música con su celular. Al otro lado del edificio va saliendo Santiago, él siempre va a la biblioteca en las horas libres de clase; con el fin de consultar algunos libros. Al ver a Estrella sentada en una de las bancas del parque, se arma de valor para acercase a ella y hablarle de lo que siente. Una vez más intentaría hacer que

144

Estrella sea su novia, después de tantos años detrás de ella.

El cielo luce despejado, azul como el mar; solo se escucha el sonido de la brisa moviendo las ramas y las hojas de los imponentes árboles que hay en el pequeño parque.

Santiago se aproxima hacia la banca donde está sentada Estrella.

-Hola Estrella, ¿Cómo estás?

-Bien. Aquí escuchando música y leyendo un libro.

-Hay algo que quería decirte.

-Dime.

-He pensado mucho en nosotros, quiero ser tu novio. No hay día que no piense en ti, yo sería inmensamente feliz teniéndote a mi lado cada día. Tú eres quien me motiva a ser mejor persona cada día.-

-Ya habíamos hablado de esto anteriormente y pensé que lo tenías claro.

-No pierdo las esperanzas.

-Hay algo que debes saber entonces.

-¿Qué cosa? ¿Hay alguien más en tu vida?

-Si

-¿De quién se trata?- pregunta Santiago. Él sabe que es Carlos Javier, pero se hace el que no sabe.

-Es Carlos Javier, lo amo con la fuerza e intensidad con la cual nunca había amado a alguien. Él se ha convertido en alguien muy importante y especial para mí. Lo mismo que tú dices sentir por mí, es lo mismo que siento yo por él, de modo que es imposible para mí quererte de la manera en que tú esperas. Solo puedo ofrecerte mi amistad sincera; mas allá no podrá ser jamás. Lo siento mucho- le dice Estrella.

Santiago se queda impactado por la noticia. Lo que él pensaba se trataba de un chisme, resulto ser verdad. Si bien es cierto, Estrella ya lo había rechazado otras veces, nunca antes los había hecho diciéndole que había otro hombre. Es que es la primera vez que había otro hombre tan especial e importante en la vida de Estrella.

-Está bien, lo entiendo. Nos vemos después-responde Santiago mientras se va caminando lentamente.

Estrella se coloca los audífonos y sigue escuchando música. Le escribe a Carlos Javier para contarle lo sucedido. Entre ella y Carlos Javier no hay secretos.

## Capítulo XXV.

Santiago se encuentra en su casa, triste y deprimido después que Estrella le dijera que está enamorada de Carlos Javier. Desde su ventana, un sol radiante y hermoso, un cielo tan azul como el mar y una suave brisa que invita a la relajación, sin embargo, para Santiago todo es tristeza y melancolía.

En ese momento su madre toca la puerta de su recamara.

-Santiago, ya es hora de comer- le dice su madre

-No tengo hambre mamá, solo quiero estar solo, por favor váyase.

-¿Qué te pasa hijo?

-No me pasa nada, solo que no me siento bien.

Nadie conoce mejor a su hijo que Andrea. Ella sabe que si su hijo está encerrado es por algo importante.

-Deja al muchacho en paz Andrea- le dice su esposo y padre de Santiago.

-Por el amor de Dios Ángel, no ves que algo le pasa al muchacho, yo lo conozco y sé que él no es así.-

-Puedes ir a molestarlo si quieres, o bien podrías dejar que se le pase. Es más que obvio que sufre por un desamor. Es joven y está recibiendo sus primeros sin sabores de la vida, ya se le pasara- le dice Ángel a Andrea.

Ella se queda pensativa por unos cuantos minutos. Analiza las palabras de su esposo detenidamente y se da cuenta que tiene razón, sin embargo, su amor de madre es demasiado grande y es completamente incapaz de estar tranquila sabiendo que su hijo se encuentra encerrado en su cuarto sufriendo. Recuerda que tiene una copia de la llave del cuarto de Santiago en la cocina, dentro de un pequeño jarrón; se aproxima a buscar la llave y luego va a la recamara de Santiago y abre la puerta intempestivamente.

Encuentra a Santiago en el suelo llorando junto a una foto de Estrella.

-Mi niño, que haces en el suelo llorando, levántate.

-¿Qué haces aquí mamá? le dije que quería estar solo.

-Estaba muy preocupada por ti al ver que no abrías la puerta. ¿Cuéntame que te pasa?- le dice mientras le da un fuerte abrazo.

-Ella no me quiere mamá, tantos años detrás de ella, hice de todo y no me quiere. Está enamorada de otro hombre mamá- dice Santiago entre lágrimas y suspiros de dolor.

-Pero si ella no te quiere, déjala, tú eres un muchacho guapo e inteligente, habrán miles de muchachas detrás de ti que si sabrán valorar tu amor.

-No quiero otras muchachas, quiero a Estrella mamá.

-El tiempo cura todas las heridas, solo necesitas tiempo para sobreponerte.

Santiago se levanta y se queda en silencio por unos cuantos segundos. En su mente recuerda que con la llegada del nuevo gobierno al poder, su madre acaba de ser nombrada en un importante puesto dentro de la dirección nacional de migración.

-Hay algo que podrías hacer para ayudarme mamá.

-¿Qué cosa hijo?

-El novio de Estrella es extranjero y tengo entendido que está aquí gracias al crisol de razas, si  usted hiciera que deportaran a ese asqueroso colombiano, Estrella quedaría triste y destrozada y en ese preciso momento, vendría yo a consolarla y tendría mi oportunidad con ella.

-¿Estas completamente loco Santiago? ¿Tanto amas a esa muchacha que quieres alejarla de su novio?

-Sí, la amo demasiado, al borde de la locura mamá, ayúdame por favor, usted dijo que haría lo que fuera por verme feliz. Yo sería feliz si Carlos Javier ya no estuviera cerca de Estrella. Usted sabe lo que dicen del amor de lejos.

-Dicen que cuando amas algo, debes dejarlo ir, si vuelve, es que era para ti y si no vuelve es porque quizás no te convenía. Es mejor que dejes a esa muchacha en paz. Más adelante se dará cuenta del error que comete al rechazarte y te busque- le aconseja su madre.

-Si tú no me ayudas, seguro mi padrino lo hará. ¿Qué clase de madre ve sufrir a su hijo y teniendo el poder de hacerlo feliz de nuevo, no lo hace?

-Está bien, veré que puedo hacer- le dice su madre mientras sale del cuarto.

## Capítulo XXVI.

Al día siguiente, Andrea va hacia su trabajo en la oficina de migración; en su mente recuerda la conversación que tuvo con su hijo y en lo triste que estaba por Estrella.

Al llegar a la oficina, se acerca a uno de los funcionarios.

-Buenos días.

-Buenos días señora Andrea.

-Camarena, averígüeme el estatus migratorio de este señor y las posibles causales de deportación-le dice Andrea al funcionario, mientras le entrega un papel donde están anotados todos los datos de Carlos Javier.

-Como no señora, de inmediato me pongo en eso.

Al cabo de unos minutos, Cárdenas regresa con la información solicitada por Andrea.

-Aquí tiene señor Andrea, todo lo que me pidió-dice Camarena mientras deja unos papeles sobre el escritorio de Andrea.

Andrea mira los papeles que le acaban de entregar cuidadosamente.

-¿Ese crisol de razas de él solo por dos años verdad?-

-Así es, de los cuales ya lleva casi el año.

-¿Si se le acabara el tiempo y no se tramita ninguno de las otras opciones que tenemos, sería motivo de deportación?

-Es correcto, en el momento que su permiso expire, deberá abandonar el país, aunque no comprendo por qué su madre, que ya tiene cedula panameña, le tramitó el permiso de crisol de razas en lugar de optar por una residencia.

-Crisol de razas es más barato, además no necesitas a un abogado especialista en temas migratorios.

-Bueno, eso es cierto.

-Gracias Camarena, puede retirarse.

El funcionario se retira de la oficina de Andrea mientras ella se encuentra pensativa sobre cómo proceder en este caso.

Andrea toma su teléfono celular y le escribe un mensaje a su hijo diciéndole que encontró una forma de poder ayudarlo. Santiago le responde que es una excelente noticia y que es la mejor madre del mundo.

Andrea aún no está muy convencida de hacerlo, pero su amor de madre la ciega por completo y decide emitir orden de deportación contra Carlos Javier. Levanta el teléfono y llama a una de las inspectoras.

-¿Me mando a llamar señora Andrea?

-Si Karen, necesito que te encargues de algo- le dice mientras le entrega unos papeles con todos los datos de Carlos Javier y la causal de deportación.

Karen los lee detenidamente.

-De inmediato señora, no es posible que vengas estos colombianos a nuestro país, les damos la mano en momentos difíciles y encima vengan a hablar mal de nosotros y a incitar el odio y la violencia.

-Así mismo es Karen.

Karen se retira rápidamente de la oficina para procesar la orden.

Andrea emitió la orden de deportación alegando que Carlos Javier pertenece a la guerrilla colombiana, ligada al narcotráfico y que encima se encarga de promover el odio y la violencia a través de las redes sociales.

Manda a llamar rápidamente a Camarena a su oficina.

-Dígame señora Andrea.

-Camarena, necesito que me ubique dos testigos que puedan corroborar la versión que acabo de anotar en la orden de deportación de

156

este muchacho, en este sobre encontraras lo necesario para realizar lo que te pido.

-Seguro señora, todo por la patria, recuerde.

-¿Tú crees que alguien se dé cuenta que ordené esa deportación ilegal?-

-Imposible señora, ¿sabe cuántos casos tenemos pendientes de deportaciones?, demasiados, la madre del muchacho podría conseguir un abogado para apelar, pero igual eso toma tiempo y dinero.

-Bueno, cuento con tu discreción Camarena.

-No se preocupe señora, usted sabe que cuenta conmigo para lo que sea.- le dice el funcionario mientras se retira de la oficina.

Cesar Camarena fue un sub teniente de las extintas fuerzas de defensa, una vez derrocado el régimen militar pasó tiempo detenido en la isla penal de coiba hasta ser indultado. Posteriormente consigue un nombramiento en la dirección de migración con la llegada de un ministro que estuvo fuertemente ligado a los militares. Desde entonces Camarena se dedica a hacer tratos con extranjeros y nacionales por dinero.

## Capítulo XXVII.

De noche, en casa de Carlos Javier, en el cielo una luna cuarto creciente y las estrellas iluminan el firmamento con su belleza. Esa belleza solo es comparable con Estrella y ese brillo que tiene en sus ojos al ver a Carlos Javier, aquel brillo que solo viene cuando se ha encontrado el amor verdadero.

Estrella y Carlos Javier se encuentran viendo la televisión.

-Mi amor, ¿me prometes que siempre vamos a estar juntos?-

-Claro que si Estrella, vea yo le prometo que no importa lo que pase, yo siempre voy a estar con usted.

Estrella tiene un mal presentimiento, como si algo estuviese a punto de pasar.

-Tengo miedo mi amor.

-No se preocupe mi amor, aquí está su príncipe para defenderla- le dice mientras la abraza y le da un beso en la frente.

En ese preciso momento alguien toca la puerta, la madre de Carlos Javier sale al paso para ver quién es. No ha terminado ni bien de abrir la puerta, cuando varios inspectores de migración en compañía de la policía, la derriban bruscamente.

-Tenemos orden de llevarnos a Carlos Javier Márquez.- grita uno de los oficiales de la policía mientras el resto apuntan con sus armas a Estrella y Camila.

-¿Por qué se llevan a mi hijo? él no ha hecho nada malo y esta legal en el país- dice Camila entre sollozos y lágrimas.

-Mi amor, te amo Carlos Javier- dice Estrella mientras se llevan a Carlos Javier.

-Te prometo que siempre vamos a estar juntos Estrella, no lo olvides.

Pese a los cuestionamientos de Camila y Estrella, los inspectores no respondieron a ninguna de sus preguntas y se llevaron abruptamente a Carlos Javier.

-Tenemos que llamar a un abogado- dice Estrella.

-Si es cierto, déjame buscar el teléfono- Responde Camila.

Mientras tanto, Estrella envía mensajes de texto a su mejor amiga para contarle lo sucedido.

-El abogado no me contesta el teléfono- dice Camila.

-Le acabo de enviar unos mensajes de texto a mi amiga por el celular, ella tiene un tío que es abogado especialista en asuntos migratorios, dice que lo va a contactar para que nos ayude a averiguar qué es lo que está pasando.

-Ojala nos pueda ayudar.

Al cabo de unos minutos suena el celular de Estrella, se trata del licenciado Alberto Sánchez Prieto, el tío de Micaela.

-Hola Estrella, Micaela me llamo explicándome más o menos la situación de tu novio.

-Sí, se lo llevaron hace poco y los inspectores no nos quisieron decir el motivo.

-Eso está raro, más aun si el carnet de crisol de razas de él no ha expirado.

-Eso mismo fue lo que su madre y yo le tratamos de indicar a los policías, pero ellos no quisieron escucharnos.

-Debe estar en el albergue masculino de migración, hagamos algo; déjame cambiarme y nos encontramos en la sede de migración. ¿Sabes dónde es?

-Sí, allá nos vemos, gracias por todo.

-De nada.

## Capítulo XXVIII.

En la oficina de migración, Estrella y Camila piden ver a Carlos Javier; luego de unos minutos un inspector les indica que no pueden verlo y les dice que Carlos Javier es acusado de ser un guerrillero e incitar a la violencia y el odio en Panamá.

-¡Eso es una locura!, mi hijo no ha hecho absolutamente nada, él es un muchacho que estudia y trabaja, no tiene tiempo para nada de eso-.

-Es cierto- dice Estrella.

Al cabo de un rato llega el licenciado Sánchez al lugar en compañía de Micaela.

-Ella es de quien te hablaba tío, te presento a mi amiga Estrella y a la mamá de Carlos Javier.

-Mucho gusto.

-Igualmente.

-No se preocupen, vamos a ver qué podemos hacer por el muchacho, lo primordial es evitar que lo deporten- dice el licenciado.

-Gracias.

El licenciado va a hablar con unas personas en el lugar, se demora bastante rato mientras la angustia y la desesperación se apoderan cada vez más y más de Estrella y Camila.

-No te preocupes amiga, ya verás que todo va a salir bien y vas a hacer feliz con tu príncipe amiga- dice Micaela, tratando de consolar a Estrella.

-Dios te escuche Micaela.

Al cabo de 4 horas, el licenciado regresa a conversar con Camila.

-Señora, estuve haciendo la averiguaciones referente al caso de su hijo, honestamente veo matices políticos o personales involucrados, hay mucha evidencia y testimonios en contra de su hijo.

-Pero mi hijo es un buen muchacho, él no ha hecho nada malo- dice Camila aun con los ojos aguados.

-La opción aquí es que Estrella y Carlos Javier se casen para que él pueda obtener la nacionalidad y evitar más problemas de esta índole en el futuro.

Estrella de una vez interrumpe la conversación.

-¡Lo hare!, lo que sea por Carlos Javier.

-Eso es bueno, ahora solo debo tramitar los permisos correspondientes.

-Qué pena licenciado, con toda esta confusión, ni siquiera hemos tenido oportunidad de conversar sobre sus honorarios- dice Camila.

-No se preocupe por eso ahora mismo, después arreglamos- Lo primordial es sacar a Carlos Javier de aquí y evitar que lo mande a Colombia.

-Muchas gracias, de verdad que es usted un ángel.

-No hay de que agradecer, mire ya casi va a amanecer. Lo mejor es que vayan a descansar y de aquí en adelante yo me encargo de todo.

-Mi tío tiene razón, es mejor ir a descansar, han estado aquí casi toda la noche.

-Está bien. Vámonos-

Micaela y su tío se quedan conversando un rato más.

-Tío, honestamente ¿cree que Carlos Javier salga de allí?-

-El panorama no lo veo bien, no quise asustar a la señora, pero parece ser que hay alguien de alta jerarquía que no lo quiere aquí. No es imposible, pero probar algo así tal vez tome tiempo, y es precisamente eso, lo que no tenemos. Debido a la sobrepoblación, no es posible tenerlo en el albergue masculino por mucho tiempo.

-Ojala Dios quiera que todo salga bien.

-Así es, de mi parte, te prometo que haré todo lo posible para sacarlo de allí.

-Gracias Tío. Sabía que podíamos contar contigo.

## Capítulo XXIX.

En el albergue masculino, Carlos Javier se encuentra en una esquina, solitario y pensando en Estrella. Piensa en lo mucho que la ama y en que ojala Dios quiera y pronto pueden estar juntos.

-Quibo parcero, ¿a usted también lo agarraron?- le pregunta un muchacho a Carlos Javier.

-Sí, pero no sé por qué, si yo tengo mi permiso de crisol de razas.

-Estos cochinos panameños mal paridos es lo que son, deben dar es gracias que uno viene a este país a hacer algo por ello, si son unos vagos.

-No deberías expresarte así de un país que te ha abierto las puertas y te permitió mejorar tu estilo de vida.

-Pero es gracias a mi trabajo llave, a mi estos desgraciados no me han regalado nada.

-¿Y usted por qué está aquí?- pregunta Carlos Javier.

-Me atraparon vendiendo cupos acá afuera en migración. Yo tengo visa de turista.

-O sea, que encima que viene a delinquir, ¿habla mal del país que le abrió las puertas?-

-¿Ahora usted es más panameño que ninguno? ¡Qué tal este vea!

En ese momento un señor mayor de nacionalidad peruana interrumpe la conversación.

-Usted tiene razón, el no debería expresarse así de Panamá, si emigramos es porque en nuestros países la situación es muy precaria y lo menos que podemos mostrar ante todo es humildad y agradecimiento. Mira yo tengo más de 20 años de vivir aquí, gracias a mi trabajo pude mandar dinero a mi familia en el Perú y sacarlos adelante-

-¿Y por qué nunca legalizó su estatus migratorio?- pregunta Carlos Javier.

-He estado en eso por años, contraté a un abogado que me cobró casi 6 mil dólares y me dijo que mis papeles estaban tramitándose, hasta hace poco que descubrí que ese abogado es un estafador que le ha quitado mucho dinero a varios extranjeros. Intenté aplicar para el crisol de razas pero precisamente ese abogado me dijo que era una mala idea pues esos permisos expiran y que lo mejor era tramitar una ciudadanía. Yo de tonto e iluso le hice caso.

-Yo pienso que las cosas pasan por algo, espero de todo corazón que su situación se arregle pronto. Usted se ve que es un buen hombre.

-Gracias, eres muy amable. Escuche que van a eliminar el crisol de razas y siendo honesto contigo, estoy totalmente de acuerdo. Ese programa era bueno en sus inicios para aquellas personas honestas como tú y como yo que venimos a este país en busca de un mejor futuro. Lastimosamente fue aprovechado también por narcotraficantes, criminales, prostitutas, contrabandistas y clonadores de tarjetas de crédito, para hacer sus fechorías. Lo peor de todo es que por unos cuantos pagan todos.

-Eso es cierto, sabe que el otro día un amigo mío me admitió que por primera vez en su vida se avergonzaba de ser venezolano, porque todos los días sale en las noticias o en las redes sociales algún venezolano dejando en pena al resto de sus compatriotas con algún comentario estúpido y racista.

-Eso es cierto, gracias a ese programa yo pude venir a este país, pero ahora que también han entrado toda clase de criminales, es mejor que lo eliminen. A este país le debo mucho y siempre estaré eternamente agradecido pues me hicieron sentir como en casa.

-Igual yo, en Colombia la situación es bastante difícil y aquí he podido estudiar y trabajar.

-Bueno, bueno ¡ya dejen de hablar!- dice uno de los custodios mientras suena la puerta de metal muy fuerte con su tolete.

## Capítulo XXX.

Mientras tanto, en su oficina, Andrea piensa sobre si hizo o no lo correcto al separar a Carlos Javier de Estrella, única y exclusivamente por complacer el capricho de su único hijo; su más grande amor.

En ese momento, alguien toca a la puerta.

-Permiso señora Andrea, ¿puedo pasar? Necesito hablar con usted.

-Claro Camarena, pase.

Camarena entra a la oficina, cierra la puerta y se sienta. Cruza las piernas en forma de un cuatro.

-Señora, mandé al colombiano en cuestión con el grupo que estaba programado para hoy. Supuse que era de atención inmediata el caso y por eso me tomé el atrevimiento.

-Casualmente sobre eso pensaba Camarena, sobre si fue buena idea o no haber hecho eso.

173

Podríamos buscarnos un problema muy grande por causa de ese colombiano.

-No se preocupe señora, como le dije antes, ese caso muere allí. Además matamos dos pájaros de un solo tiro; un extranjero menos en nuestro país y ahora su hijo podrá comerse el bizcocho sin tener competencia alrededor. Le dice Camarena mientras sonríe sarcásticamente.

-La verdad que sí.

-Yo mismo me encargué de tramitar el asunto ese, así que no se preocupe. El día de hoy o mañana que algo se descubra, los únicos que sabemos lo que en verdad pasó, somos usted y yo.

-Perfecto, gracias Camarena.

-Como no señora. A la orden.

Camarena se retira de la oficina. En ese momento, Andrea toma su teléfono celular y le escribe a su hijo para contarle la buena noticia. Santiago no puede creer lo que su madre le

174

cuenta a través de los mensajes de texto, esta le envía una imagen con la orden de deportación de Carlos Javier.

Santiago se emociona mucho al saber que su rival ahora está fuera del juego. Andrea le dice a su hijo que aproveche que Estrella está sola y vulnerable y vaya a consolarla. Él sale de una vez con rumbo a la casa de Estrella.

En casa de Estrella, esta se encuentra chateando con Micaela, la cual le cuenta que Carlos Javier ha sido deportado. Su tío le había enviado un mensaje para contarle lo sucedido. Estrella yace triste en su cama junto a un oso de peluche que le regaló Carlos Javier hace un par de días atrás.

La madre de Estrella toca a la puerta de su recamara.

-Hija, tienes visita, es Santiago. Tu compañero de la universidad.

-Dile que estoy enferme mamá. No tengo ganas de hablar con nadie.

-Pobre mi niña, atiende al muchacho. Quizás te haga bien conversar con él, en vista que no quieres conversar conmigo.

-Está bien mamá. Iré a atenderlo.

Estrella se levanta de su cama, se aproxima hacia la comoda, toma un cepillo y comienza a peinar sus lacios cabellos. Se seca las lágrimas y se coloca un poco de polvo sobre su rostro. Ella es hermosa por naturaleza, más la costumbre de siempre estar arreglada, le impiden recibir alguna visita estando desaliñada.

Estrella sale de su cuarto, cierra la puerta y se aproxima a la sala. Santiago se levanta del sillón para saludar.

-Hola Estrella, ¿cómo has estado?- dice Santiago mientras le da un beso y un abrazo.

-Bueno, la verdad más o menos. ¿Y tú?

-Estoy bien, pasaba por aquí y como supe que estás pasando un momento difícil, quise venir a saludarte y a ofrecerte mi hombro para llorar si es que lo necesitas.

-¿De qué estás hablando?- pregunta Estrella un tanto extrañada.

-De lo de tu novio que deportaron por terrorista.

-¿Cómo supiste eso Santiago?

Santiago se pone nervioso y comienza a tartamudear.

-Esa información solo la saben tres personas, ahora recuerdo que tu madre tiene un puesto importante en la dirección de migración. ¿Ustedes tuvieron algo que ver con la deportación de Carlos Javier verdad?- pregunta Estrella.

-De ninguna manera hermosa. Como se te ocurre pensar algo así. Ni mi madre ni yo tuvimos nada que ver con eso- responde Santiago.

-Entonces, ¿cómo explicas tu presencia aquí ofreciéndome "tu hombro para llorar", y como sabias de la deportación de Carlos Javier?

Santiago solo mira hacia el suelo y no articula palabra alguna.

-Pensé que todo había quedado claro el otro día que hable contigo, no sé cómo explicártelo de modo que lo entiendas, tú no me gustas, no te quiero. Yo amo con todas las fuerzas de mí ser a Carlos Javier, él es el amor de mi vida, el único hombre al que he amado y al que amaré. No hay cabida para ti como algo más. Puede que jamás lo pueda probar, pero algo me dice que tu madre y tu tuvieron algo que ver con la deportación de Carlos Javier. Esta obsesión que tienes conmigo es enfermiza, aléjate de mí. No quiero saber más nada de ti. La última vez que hablamos te ofrecí mi amistad, después de hoy; has perdido eso para siempre. Vete de mi casa por favor- le dice Estrella encolerizada.

Santiago sigue sin articular palabra alguna. En su ojo derecho, brota una lágrima. El da la media vuelta y se retira de la casa. Estrella se encierra en su cuarto, conecta los audífonos a su celular y escucha música electrónica a un volumen muy alto. Una vez alguien me dijo que la gente que duerme mucho o que escucha música muy alta es porque tratan de escapar de la realidad.

Estrella quizás trata de escapar de la realidad que la rodea. Piensa que todo es un mal sueño del cual despertara pronto y su amado Carlos Javier estará allí para darle un abrazo y decirle al oído "Te quiero, todo va a estar bien mi amor".

## Capítulo XXXI.

Como a eso del mediodía, Camila se encuentra en su casa descansando después de la larga noche que pasaron; esperando que el licenciado se contacte con noticias sobre su hijo. En ese momento suena el teléfono.

-¡Alo!-

-Buenas tardes, ¿hablo con la señora Camila?

-Si-

-Habla el abogado, he estado tratando de llamar pero no me contestaba, no traigo buenas noticias.

-Disculpe, es que me fui a recostar un rato, como anoche no dormí nada, pero cuénteme, ¿Qué ha pasado?

-A su hijo lo deportaron.

Camila se queda en silencio por espacio de algunos segundos.

-¿Sigue usted allí señora?- pregunta el abogado.

-Sí, aún sigo aquí, pero ¿Cómo paso tan rápido?

-Es exactamente lo mismo que yo me pregunto, el procedimiento generalmente no es tan rápido. Solicite la resolución y me dijeron que tiene impedimento de entrada al país por 10 años. Me parece demasiado tiempo.

-Es mucho tiempo licenciado, ¿habrá algo que se pueda hacer?

-No mucho, pero vamos a luchar, iremos a los medios de comunicación, le escribiremos una carta al presidente si es necesario, para que se investiguen todas las irregularidades que se han dado. Lo que más podemos hacer es ejercer presión en los medios de comunicación.

-No quiero hacer ningún escándalo público por esto licenciado, si es posible manejar esto con toda discreción, me sentiría más cómoda, lo que menos quiero es que mi hijo sea noticia en los periódicos y generar toda una polémica nacional por esto.

-Está bien, no se preocupe. De igual manera me informaron que llamaron al consulado y de allí se pusieron en contacto con la abuela del muchacho para que fuera a recogerlo al aeropuerto. El detalle curioso es que cuando se investigó con interpol en Colombia, ellos alegan no tener ningún expediente o investigación en contra de su hijo. Es sumamente raro tomando en cuenta que fue deportado por ser "guerrillero" e incitar al odio y la violencia.

-Es que mi hijo jamás ha hecho nada malo, él siempre ha sido un buen muchacho, precisamente me lo traje acá para alejarlo de todo ese mundo, su padre fue gatillero del cartel y murió asesinado. Yo dije que no quería esa vida para mi hijo y es por eso que decidí venir a Panamá; para que tuviera un mejor futuro. No fue fácil, sé que he cometido muchos errores, pero todo lo que hice fue por el bienestar de mi hijo.

-Yo lo se señora, y créame que la entiendo. Cuando mi sobrina me hablo del caso, a pesar que no los conocía, ya me sentía comprometido con el caso, porque al igual que usted; hay muchas personas que emigran de sus países en busca de un futuro mejor. Lamentablemente, muchos criminales aprovechan también esas oportunidades para huir de la justicia y continuar con sus vidas delictivas. Es por ello que a medida que pasa el tiempo, las leyes migratorias se van poniendo cada vez más y más duras, no solo aquí, también en Estados Unidos. Es una lástima que por unos cuantas malas unidades, se deba condenar a todos.

-Sí, es la verdad, y por eso no me siento molesta o indignada pues sé que de mi país al igual que hay gente buena, hay gente mala; sobre todo narcotraficantes, prostitutas, contrabandistas.

Camila hace una pausa breve para tomar un respiro, luego continua hablando.

-Jamás podría ser desagradecida con este país que me ha dado la oportunidad de salir adelante, de tener un mejor estilo de vida. En mi país no hubiese podido vivir como vivo ahora mismo. Aquí me he sentido como en casa. Y le doy las gracias por el interés que mostro por mi hijo. Fue usted muy amable.

## Capítulo XXXII.

Pasan los días y Carlos Javier nada que se comunicaba con Estrella; preocupada y con ganas de saber de su paradero, resuelve ir a visitar a Camila para ver si ha sabido algo de él.

Camila está sentada en la sala de su casa leyendo un libro, una tarde bastante nublada y de fondo; música de un famoso cuarteto de jazz de los años 60´s, suena en la radio. Camila siempre lee algún libro durante las tardes que no tiene que ir a trabajar.

En ese momento tocan a la puerta, ella se levanta del sillón; curiosa por saber de quién será.

Mira por el ojo mágico de la puerta y nota que se trata de Estrella.

Con mucha emoción, abre la puerta y la saluda.

-Hola Estrella, ¿Cómo has estado?

-Hola señora Camila, he estado más o menos, ¿puedo pasar?

-Pues claro niña, tú sabes que esta es tu casa.-

Estrella pasa y se siente en uno de los sillones de la sala. Camila trae un vaso con jugo de maracuyá. La fruta preferida de Estrella.

-Vine porque estoy preocupada por Carlos Javier, no se ha contactado conmigo ni nada.

-Me imagino, yo tampoco he habado con él, solo hable con mi mama el mismo día que lo fue a recoger al aeropuerto para decirme que estaba bien y que lo llevaría a casa. En la casa de mi mamá no hay teléfono fijo y tampoco internet, cuando llama es de un teléfono público y cuando yo llamo es al celular de mi mamá. Ella no me llama del celular porque las llamadas salen muy caras.

-Me imagino. La verdad estoy muy triste por lo que paso. Puede que no lo pueda comprobar, pero sé que Santiago y su madre tuvieron algo que ver con que sacaran a Carlos Javier del país.

-Déjalo en las manos de Dios chiquita, tú sabes que él nunca falla. Quizás la justicia de los hombres a veces falle, pero de la justicia divina; de esa ciertamente te digo que no es posible escapar.

-Sí, pero es que me da tanta rabia e impotencia, por las injusticias que se cometen. Usted no sabe el dolor tan grande que he sentido en mi corazón al no tenerlo a mi lado, es como si me faltara la pieza más importante del rompecabezas de mi vida. A su lado todo tenía sentido; lo esperaré, aunque tarde mil años lo esperaré pues sé que es el hombre de mi vida- dice Estrella con un evidente nudo en la garganta y los ojos llorosos.

-Ay niña, no te pongas así, me parte el corazón verte sufrir. Créeme que se lo que se siente perder un amor. Al menos tú tienes la

187

esperanza de alguna vez volverlo a ver. Al mío me lo arrebataron hace ya algunos lustros, y sin esperanza alguna de verlo en esta vida. Lloré y sufrí cual gorrión sin alas, pero al cabo del tiempo comprendí que los amores así tan grandes y verdaderos, jamás mueren; aunque ya dejemos de pensarlos, siempre están presentes en la más profundo del corazón.

-Así es, las personas solo mueren cuando las sacamos de nuestros corazones.

-No te sientas triste si Carlos Javier no te ha llamado. Ya verás que muy pronto él se comunicara contigo- le dice Camila.

-Sí, eso espero, la verdad gracias por sus palabras señora Camila. Me han tranquilizado mucho. Estos últimos días he estado bastante mal. Súper deprimida y sin ánimos de nada- recalca Estrella.

Luego de un rato, Estrella se levanta del sillón, le da un fuerte abrazo a Camila, un beso en la mejilla y se despide. Es casi de noche. Una brisa fresca se apodera de la ciudad y la luna sale con todo su esplendor. Estrellas muy brillantes y hermosas son visibles en el firmamento, solamente había visto algo similar en el campo, más nunca en la ciudad.

## Capítulo XXXIII.

Estrella regresa de la universidad, han transcurrido ya dos meses desde la deportación de Carlos Javier. Ella sigue pensando en lo sucedido, esperando a que él se comunique con ella. Las veces que ha intentado llamar al celular de la abuela, siempre le dice que no se encuentra y que llame más tarde.

-Estrella, tu padre llamó para saber cómo estabas. Dice que trató de llamarte al celular pero no contestas – le dice su madre.

-Sí, vi la llamada perdida. No me siento bien mama. No quiero hablar con nadie.

-Le conté lo que paso con Carlos Javier y dice que lamenta mucho por lo que estás pasando hija.

-Está bien mamá- responde Estrella.

Va hacia su cuarto, su madre no le dice nada; pues sabe que está sufriendo por la ausencia de su gran amor. Prende la computadora por mera inercia. Su amiga le manda mensajes de texto, más ella no los contesta. No tiene ganas de hablar con nadie. Salvo con su gran amor.

En ese momento escucha el sonido de una video llamada entrante, no se había percatado que al encender la computadora, se inició sesión automáticamente en la aplicación de video llamadas. No reconoce el usuario, pero algo le dice que debe contestar.

Estrella decide hacer *click* en la opción aceptar de la aplicación.

-Hola amor, ¿Cómo ha estado?- le dice Carlos Javier.

Estrella sonríe y se le comienzan a aguar los ojos de la emoción al verlo.

-Hola, te he extrañado un montón, intente llamarte al celular de tu abuela, pero siempre me decía que no estabas y que llamara luego.

-Sí, lo siento mi cielo, es que he estado ocupado. Mi abuela no tiene computador y estuve trabajando muy duro y ahorrando para poder comprar uno y así poder comunicarme con usted y con mi mamá. Ha querido mandarme dinero, pero le dije que por favor no lo hiciera, ya estoy grandecito como para que mi mamá aun me esté manteniendo- le dice Carlos Javier.

-Te amo tanto mi cielo, siempre tan trabajador y cumplido.

-Me acusaron injustamente y me deportaron Estrella. Vea le juro por lo más sagrado que yo no he hecho absolutamente nada malo.

-Yo lo sé. Tú no eres capaz de hacer algo malo.

-Dicen que no puedo volver a entrar al país por los próximos 10 años amor.-

-Sí, lo sé. El abogado acá ya se está encargando de tu caso y ver si se puede hacer algo al respecto. Yo sospecho que todo esto es culpa de Santiago. Su mamá trabaja en migración y creo que ella hizo algo para que te deportaran y así separarte de mí.

-¿Es tan grande el amor que él le tiene que es capaz de hacer todo esto?

-Eso no es amor, eso es una obsesión enfermiza. Desde antes de yo conocerte, él me pretendía y siempre le dije que no me gustaba y que podíamos ser amigos. Él se fue obsesionando conmigo cada vez más y más. Y mira hasta donde fue capaz de llegar, incluso después que te fuiste, vino a mi casa para "consolarme".

-Ya no piense en eso Estrella. Solo piense en lo mucho que la amo y en que ya verá que muy pronto vamos a estar juntos. Muy pronto estaré a tu lado para abrazarte y besarte tan fuerte que jamás nos vamos a separar.

-Sí, yo sé. Eso es lo que ansió con todas las fuerzas de mí ser.

-Por ahora, necesito que me prometas algo mi amor.

-¿Qué cosa? Lo que sea, lo hare por ti. ¿Tu harías cualquier cosa por mí?-

-Claro que si tesoro.

-Es bueno saberlo.

-Estrella que alumbra mis días con su luz, Estrella que siempre está a mi lado, que no hay distancia que nos pueda separar, Estrella que entre todas las del firmamento; es la más hermosa, Estrella que me guía y me motiva a ser mejor persona cada día. Necesito que me prometas que aunque más nunca en la vida nos volvamos a ver, aunque más nunca vayamos a estar juntos, aunque ya hayas entablado una nueva relación con otra persona, aunque ya hayan pasado muchos años, aunque ya tengas muchos nietos y bisnietos y estés viejita; prométeme que siempre pensaras en mí, que siempre guardaras los hermosos momentos que vivimos juntos, prométeme que siempre tendré un lugarcito especial en lo más profundo de tu corazón, pero sobre todas las cosas, prométeme que nunca me vas a dejar de amar con la misma fuerza e intensidad del primer día- dice Carlos

Javier con un nudo en la garganta y los ojos llorosos.

Del otro lado de la puerta, la madre de Estrella escucha la conversación con Carlos Javier y no puede evitar romper a llorar por su pobre pequeña.

-No digas eso mi amor. Claro que nos volveremos a ver. Si tú no puedes venir, yo viajare hasta donde tu estas. Ya sea en Colombia, en la China o en el último rincón del planeta. Con tal de estar contigo, yo atravesaré todos los océanos, desiertos y fronteras que haya. Todo para estar contigo.

-Yo sé mi amor, y créeme que yo haría lo mismo, no sé hacer otra cosa que pensar en ti. Tu siempre estas presente en cada cosa que hago o pienso, allí siempre estás tú, pero es importante para mí que me lo prometas mi amor.

-¿Eso significa que no nos volveremos a ver?

-Prométemelo por favor.

-Te lo prometo mi amor, siempre te voy a amar. Con la misma fuerza e intensidad que te amo hoy, lo hare mañana, lo hare pasado, la próxima semana, el otro mes, el otro año y por los siglos venideros lo seguiré haciendo. Y aunque no nos vayamos a ver nunca más, te prometo que siempre estarás en mi corazón. Siempre fuiste, eres y seguirás siendo mi gran amor- Responde Estrella.

Pasaron los meses y el licenciado no pudo hacer nada para lograr levantar el impedimento de entrada al país de Carlos Javier. El gobierno endureció las leyes migratorias e inició un programa de deportación masivo contra todos aquellos que se consideró; no aportaban nada positivo a la sociedad, aquellos que solo estaban delinquiendo y encima siendo mal agradecidos con el país que les dio la mano. Se establecieron leyes que impedían que extranjeros ocuparan puestos de alta jerarquía tanto en la empresa privada como en el gobierno, así mismo se impuso visas a todo aquel que quisiera entrar al

196

país (sin importar la nacionalidad), se prohibió que extranjeros ejercieran profesiones como la abogacía, el periodismo, entre otras. Todo esto y más; a petición de un pueblo que clamaba por más y mejores condiciones de vida para los nacionales, en lugar de darle siempre fueros y privilegios a los extranjeros, *so pretexto* que los extranjeros son más trabajadores y vienen con dinero para invertir en el país. Nada más alejado de la realidad que en verdad se vivía.

Tal vez, Estrella y Carlos Javier jamás vuelvan a verse, eso no lo sé, pero lo más importante es que el amor los llevó a vivir momentos mágicos e inolvidables juntos. A pesar de las diferencias culturales y de las fronteras trazadas por el hombre, su  amor floreció, Y eso es algo que nada ni nadie podrá jamás romper.

-------------------FIN------------------

Jorge Morales-Franceschi

## Jorge Morales-Franceschi

Nace en la ciudad de Panamá, la tarde del martes 11 de junio de 1991. Cursó estudios de bachiller en ciencias en el prestigioso instituto José Dolores Moscote. Siempre se destacó como alumno ejemplar. Posteriormente ingresa a la universidad tecnológica de Panamá a cursar estudios de ingeniería civil.

Comenzó a escribir a la edad de 14 años algunos poemas y pensamientos.

El ensayo y la poesía siempre habían sido su predilección a lo largo de su adolescencia.

El 24 de diciembre del 2014 a las seis de la tarde, anuncia a través de sus redes sociales la publicación (de manera independiente) de su libro "A Quien Ama Las Emociones", un completo giro de 180 grados en su carrera como poeta y ensayista, pues incursiona en el género "cuentos" con esta obra; se trata de cinco historias donde predominan el amor, la fantasía, el suspenso, el romance pero sobre

199

todo la crítica hacia una sociedad y un sistema claramente en decadencia.

Adicional tiene un blog donde periódicamente publica artículos de opinión y ensayos sobre diversos temas de cultura general, así como algunos fragmentos más destacados de sus obras.

Con el lanzamiento de "Un Inmigrante En Tu Corazón", su primera novela, consolida su versatilidad e innovación dentro del mundo literario contemporáneo.

# Redes sociales del autor

Twitter:

@jorgemf1106

Blog:

http://jorgemorales-franceschi.blogspot.com/

Facebook:

https://www.facebook.com/jorgemoralesfranc
eschi

Goodreads:

https://www.goodreads.com/author/show/11
756459.Jorge_Morales_Franceschi

Google +:

https://plus.google.com/11189355082375854
2058/posts/p/pub

Jorge Morales-Franceschi

# Obras publicadas

-Pensamiento y Filosofía (Ensayo) *descatalogado*

-A Quien Ama Las Emociones (cuentos)

-Un Inmigrante En Tu Corazón (Novela)

Jorge Morales-Franceschi

Jorge Morales-Franceschi

Jorge Morales-Franceschi